小紅燈籠的夢

王統照　著

王統照（一八九七年—一九五七年）

山東諸城人。新文學運動最早期的作家之一。畢業於中國大學英語系。一九一八年創辦《曙光》，一九二一年與鄭振鐸、沈雁冰等人發起成立文學研究會。曾任中國大學教授兼出版部主任、《文學》月刊主編、開明書店編輯、暨南大學、山東大學教授。著有長篇小說《山雨》《春花》《一葉》，短篇小說集《春雨之夜》《華亭鶴》《王統照文集》（六卷）等。

總序一

兒童文學的歷史與記憶

林文寶

大陸海豚出版社所出版之中國兒童文學經典懷舊系列，要在臺灣出版繁體版，這是臺灣兒童文學界的大事。該套書是蔣風先生策劃主編，其實就是上個世紀二、三十年代的作家與作品，絕大部分的作家與作品皆已是陌生的路人。因此，說是經典有失嚴肅；至於懷舊，或許正是這套書當時出版的意義所在。如今在臺灣印行繁體版，其意義又何在？

考查各國兒童文學的源頭，一般來說有三：

一、口傳文學

二、古代典籍

三、啟蒙教材

而臺灣似乎不只這三個源頭，綜觀臺灣近代的歷史，先後歷經荷蘭人佔據三十八年（一六二四—一六六二），西班牙局部佔領十六年（一六二六—

一六四二），明鄭二十二年（一六六一—一六八三），清朝治理二〇〇餘年（一六八三—一八九五），以及日本佔據五十年（一八九五—一九四五）。其間，相當長時間是處於被殖民的地位。因此，除了漢人移民文化外，尚有殖民者文化的滲入；尤其以日治時期的殖民文化影響最為顯著，荷蘭次之，西班牙最少，是以臺灣的文化在一九四五年以前是以漢人與原住民文化為主，殖民文化為輔的文化形態。

一九四五年十月二十五日國民黨接收臺灣後，大陸人來臺，注入文化的熱血液。接著一九四九年十二月七日國民黨政府遷都臺北，更是湧進大量的大陸人口。而後兩岸進入完全隔離的型態，直至一九八七年十一月臺灣戒嚴令廢除，兩岸開始有了交流與互動。一九八九年八月十一至二十三日「大陸兒童文學研究會」成員七人，於合肥、上海與北京進行交流，這是所謂的「破冰之旅」，正式開啟兩岸兒童文學交流歷史的一頁。

其實，兩岸或說同文，但其間隔離至少有百年之久，且由於種種政治因素，目前兩岸又處於零互動的階段。而後「發現臺灣」已然成為主流與事實。

因此，所謂臺灣兒童文學的源頭或資源，除前述各國兒童文學的三個源頭，又有受日本、西方歐美與中國的影響。而所謂三個源頭主要是以漢人文化為主，其實也就是傳統的中國文化。

臺灣兒童文學的起點，無論是一九〇七年（明治四〇年），或是一九一二年（明治四十五年／大正元年），雖然時間在日治時期，但無疑臺灣的兒童文學是屬於華文世界兒童文學的一支，它與中國漢人文化是有血緣近親的關係。因此，了解中國上個世紀新時代繁華盛世的兒童文學，是一種必然尋根之旅。

本套書是以懷舊和研究為先，因此增補了原書出版的年代（含年、月）、出版地以及作者簡介等資料。期待能補足你對華文世界兒童文學的歷史與記憶。

林文寶，現任臺東大學榮譽教授，曾任臺東大學人文學院院長、兒童文學研究所創所所長、亞洲兒童文學學會臺灣會長等。獲得第三屆五四兒童文學教育獎，中國文藝協會文藝獎章（兒童文學獎），信誼特殊貢獻獎等獎肯定。

原貌重現中國兒童文學作品

蔣風

今年年初的一天，我的年輕朋友梅杰給我打來電話，他代表海豚出版社邀請我為他策劃的一套中國兒童文學經典懷舊系列擔任主編，也許他認為我一輩子與中國兒童文學結緣，且大半輩子從事中國兒童文學教學與研究工作，對這一領域比較熟悉，了解較多，有利於全套書系經典作品的斟酌與取捨。

一開始我也感到有點突然，但畢竟自己從童年開始，就是讀《稻草人》《寄小讀者》《大林和小林》等初版本長大的。後又因教學和研究工作需要，幾乎一而再、再而三與這些兒童文學經典作品為伴，並反復閱讀。很快地，我的懷舊之情油然而生，便欣然允諾。

近幾個月來，我不斷地思考著哪些作品稱得上是中國兒童文學的經典？哪幾種是值得我們懷念的版本？一方面經常與出版社電話商討，一方面又翻找自己珍藏的舊書。同時還思考著出版這套書系的當代價值和意義。

中國兒童文學的歷史源遠流長，卻長期處於一種「不自覺」的蒙昧狀態。而清末宣統年間孫毓修主編的「童話叢刊」中的《無貓國》的出版，可算是「覺醒」的一個信號，至今已經走過整整一百年了。即便從中國出現「兒童文學」這個名詞後，葉聖陶的《稻草人》出版算起，也將近一個世紀了。在這段不長的時間裡，中國兒童文學不斷地成長，漸漸走向成熟。其中有些作品經久不衰，而一些作品卻在歷史的進程中消失了蹤影。然而，真正經典的作品，應該永遠活在眾多讀者的心底，並不時在讀者的腦海裡泛起她的倩影。

當我們站在新世紀初葉的門檻上，常常會在心底提出疑問：在這一百多年的時間裡，中國到底積澱了多少兒童文學經典名著？如今的我們又如何能夠重溫這些經典呢？

在市場經濟高度繁榮的今天，環顧當下圖書出版市場，能夠隨處找到這些經典名著各式各樣的新版本。遺憾的是，我們很難從中感受到當初那種閱讀經典作品時的新奇感、愉悅感、崇敬感。因為市面上的新版本，大都是美繪本、青少版、刪節版，甚至是粗糙的改寫本或編寫本。不少編輯和編者輕率地刪改了原作的字詞、標點，配上了與經典名著不甚協調的插圖。我想，真正的經典版本，從內容到形式都應該是精致的、典雅的，書中每個角落透露出來的氣息，都要與作品內在的美感、精神、品質相一致。於是，我繼續往前回想，記憶起那些經典名著的初版本，或者其他的老版本——我的心不禁微微一震，那裡才有我需要的閱讀感覺。

在很長的一段時間裡，我也渴望著這些中國兒童文學舊經典，能夠以它們原來的面貌重現於今天的讀者面前。至少，新的版本能夠讓讀者記憶起它們初始的樣子。此外，還有許多已經沉睡在某家圖書館或某個民間藏書家手裡的舊版本，我也希望它們能夠以原來的樣子再度展現自己。我想這恐怕也就是出版者推出這套書系的初衷。

也許有人會懷疑這種懷舊感情的意義。其實，懷舊是人類普遍存在的情感。它是一種自古迄今，不分中外都有的文化現象，反映了人類作為個體，在漫長的人生旅途上，需要回首自己走過的路，讓一行行的腳印在腦海深處復活。

懷舊，不是心靈無助的漂泊；懷舊也不是心理病態的表徵。懷舊，能夠使我們憧憬理想的價值；懷舊，可以讓我們明白追求的意義；懷舊，也促使我們理解生命的真諦。它既可讓人獲得心靈的慰藉，也能從中獲得精神力量。因此，我認為出版本書系，也是另一種形式的文化積澱。

懷舊不僅是一種文化積澱，它更為我們提供了一種經過時間發酵釀造而成的文化營養。它為認識、評價當前兒童文學創作、出版、研究提供了一份有價值的參照系統，體現了我們對它們批判性的繼承和發揚，同時還為繁榮我國兒童文學事業提供了一個座標、方向，從而順利找到超越以往的新路。這是本書系出版的根本旨意的基點。

這套書經過長時間的籌畫、準備，將要出版了。

我們出版這樣一個書系，不是炒冷飯，而是迎接一個新的挑戰。

我們的汗水不會白灑，這項勞動是有意義的。

我們是嚮往未來的，我們正在走向未來。

我們堅信自己是懷著崇高的信念，追求中國兒童文學更崇高的明天的。

二〇一一年三月二〇日

於中國兒童文學研究中心

蔣風，一九二五年生，浙江金華人。亞洲兒童文學學會共同會長、中國兒童文學學科創始人、中國國際兒童文學館館長。曾任浙江師範大學校長。著有《中國兒童文學講話》《兒童文學叢談》《兒童文學概論》《蔣風文壇回憶錄》等。二〇一一年，榮獲國際格林獎，是中國迄今為止唯一的獲得者。

目錄

雪後

北京附近有個村莊，離鐵道不遠。十二月某日下了一天的雪，到下午才止住。第二天天色雖還沒明，全鎮的房舍、樹木，在白色積雪中映著，破曉的時候格外清顯。

晨雞喔喔地啼了幾聲，接連著引起了鎮裡的犬吠。正在這時，村莊的前面，忽然起了一個沉重響亮的聲音，接著就是槍聲、馬蹄踐在雪上的聲、呼喊的聲，還夾雜著一些細小聲響。這等聲響約停了二十分鐘，又復大作起來。立時引起了村中最東一家人家的一個小孩子在破絮被裡顫慄的感覺。

破茅屋中，被雪光映著，靠北牆一張床上躺著一個三十多歲的女人，身旁有個五六歲的男孩子。他們蓋著薄薄絮被，冷風從沉黑的窗中穿進，使他們幾乎不敢露出頭來。

重大可驚的聲響，從冷厲空氣裡傳到他們的耳膜來。那個婦人也早已醒了，然而她的心，正懸在遼遠的地方，和不可思議的事上去，沒說話。小孩子正盼著天明，好繼續遊戲。他也不怕冷，時時爬起來，瞧瞧窗戶，只見很白亮的，卻也不知天明沒有。看看母親，正睡得熟，不過看她的頭髮，時時有些鬆動，又聽著從她喉裡，發出一種輕細像是哭的微聲來；和平日抱著他，在她膝上，看一封信時發出來的聲息一樣。他是個聰明膽大的孩子，在這深夜破曉時，他這種聯想在他幼稚的心中，同電光閃動的一般快。即時，他又起來望望窗上的白色。他忽有不敢確定的思想：「這白色的雪嗎？雪是白的，怎麼又化成汙泥在河溝裡流著？」他這種推理是片段的，然而他幼稚的心中有這一念，卻陡然覺得皮膚上也有些冷意。這時村前的響聲正砰砰拍拍大作起來，他不知怎的一回事，但是覺得耳朵裡幾乎裝不下了。他雖沒聽過這種聲響，又不知是什麼聲響，因為他自下生以後，所聽見的雞鳴聲、簸穀聲、春鳥的歌聲、田圃裡的桔槔放水聲，母親拍著他睡唱兒歌的聲，這些聲都是他很注意的，再大一點而可怕的聲響，就是村中的群狗互相打架的聲了。至於這雪後的早上忽有這種狂轟的大聲響，他一向沒曾聽過。——因為他小的時候，村中也有這種聲響，不過他不記得。——他小而凍破的手也有些顫動，似乎覺得窗隔一動一動地也將倒下來了，他於是帶著被子，滾到母親懷裡道：

「什麼？……什麼？我的耳朵！……」

他母親用枯瘦的手腕將他摟住道：「不要怕……這是軍隊打野操的聲響。……」

「什麼軍隊？……」他很疑惑地這樣問。

「軍隊是肩著槍刀打仗的。……」

「就和李文子拿的那個用紙糊的槍一樣嗎？……他說是他父親給他買的。……」

她卻沒即時回答他，這時窗外的炮聲又作，她便含糊著道：

「不！……不！……」

他便不再問了，害怕的心也減去了一些，但是在他母親懷裡很注意地聽那忽輕忽驟斷續的聲響。她一手摟著這個可憐的孩子，一手把披下來的亂髮慢慢攏上額角。室中已甚明亮，然而卻覺得越發沉靜，風聲吹著落在地上的雪花，沙沙地打在紙窗上響。半晌，那孩子忽然問道：

「母親……我父親……你說也有槍，他現在哪裡？也在黑夜裡做這種事嗎？……」

她聽他這句幼小而痴想的話，卻沒的什麼說，只是從眼角裡流下了一顆淚珠，滴在孩子的短髮上。

天明了，村前的聲響也停止了。冬晨的空氣非常清冷，似乎也從長眠中醒悟過來一般，而村中的人都拿這早上的事作談料。

村前，雪後的一片田野裡，白茫茫的雪光，有許多凌亂雜遝、泥土交融的痕跡。田野旁一條小河，也全結了冰。慘澹的日光映在冰上，也不見得有些融化。北風奇冷，吹著樹枝上的雪墮落在河冰上，發出輕清的聲響。一望無際的雪，地上不見有一個行人。

獨有在被中驚怕的孩子，這時他卻不怕冷，遠遠地領了四五個小夥伴，冒著咽人的寒風，從鎮中跑出。他在這四五個同伴裡是較小一些，然而還有比他小的一個女孩子，戴著一頂綠絨花結帽，也在後邊跟著他跑。

他像首領似的，要表示他的功績，臉上雖是凍得發了紫，他卻是一邊跑著，一邊鼓起勇氣，和他那些小同伴斷斷續續地說道：「寶雲……和妞姐兒……你們看看我昨兒用雪蓋的小樓啊！……我和吳妹妹蓋的。……就在河邊上……就在河邊上，管許你們一瞧就樂了。……走！走！……看小樓去。……」他不等說完就跑到河邊，那些小孩子也咭咭呱呱地隨在他身後亂說。

河岸很平正，昨夜的風雖冷冽，可也不大。他與他的吳妹妹，費了一下晚工夫，蓋成的一座小樓，兩邊用雪塊堆好，明明在河岸上。他們因那遊戲的工作，連小手都凍破了。他自己昨晚回家，同母親說了半天，恨不能即刻天亮，好去領那些小夥伴，誇示他們特殊的本事。所以早上在母親懷中，雖聽了奇怪的聲響，和看見母親的淚痕，但他不知是什麼事，也早忘了。這回只是急急去找他那在雪後的小建築物。

可是，河水仍然全凍著，樹枝墮雪仍然時時掉在冰上，一望無際的田野裡，仍然是白光幻耀，但他沿著河岸，跑來跑去，就是沒有了他與他的吳妹妹昨晚很辛苦用雪堆成的小樓。河岸上只有縱橫的馬蹄和無數皮靴的痕跡，就是昨天晚上很平的雪地上，也忽地掃去一道，堆起一片，完全不是昨天那個樣子。

他急得亂說也說不清楚，別的孩子，也看得呆了！那個戴綠絨花結帽的小姑娘，卻眼包著幼稚而可憐的淚痕道：「瞧咧！……沒有了！誰給我們毀壞了！……你們瞧我的手咧。……」她伸出小手來給這些孩子看，白而嫩的皮膚上已紅了幾塊，且腫得裂破了。

他這次失敗，便給他嬌嫩的童心裡添了層重大的打擊，仿佛比著成年人的失戀還厲害。他說不出的難過！別的孩子雖也不說什麼，只是愣愣地向他看。他覺得他們眼光中所含的意思，是疑他誑騙他們，不禁叫道：「變了……變了……什麼都變了！地也高了……低了……這是些什麼怪物的腳跡，可將白雪弄髒了？……變了！……我那用雪蓋的小樓也被怪物吃去了！……」有個很瘦弱的男孩子道：「變……變！你們沒聽見今兒早上那些聲響？……我嚇死了！……怪物的聲。……把你的東西吃去了！你看這雪地上不是變了嗎？」這個孩子仿佛覺得自己所見高出於他們以上，然而說到這裡也有些氣促色變。他和同來的小夥伴都有些驚惶害怕的樣子。看看河水、地上的痕跡，都不說一句話，靜悄悄地從雪道上回村裡去。而那位小姑娘，一會看看自己的小手，口裡還咕噥著道：「我的呢？……誰毀壞了？……」她跟在一群小孩子後面時時回頭，從包著淚的眼光中望望河岸的殘雪。她頭上的花結，也被風吹著飄飄地微動。

一九二〇年十一月。

遺音

遠遠的一帶楓樹林子，擁抱著一個江邊的市鎮，這個市鎮在左右的鄉村中，算是一個人口最多風景最美的地方。鎮前便是很彎曲而深入的江灣，灣的北面，卻有所比較著還整齊而潔淨的房子。房子中也有用磚石砌成的二層樓的建築。正午的日影將樓影斜照在樓前的一片草場上，影子很修長。原來這所建築，是鎮中公立小學校的校舍；這鎮上人很高明，他們尋得這個全鎮風景最佳的江邊，設立了這所學校。校裡的男女兒童，約有三百人。

校舍的西角，便是教員住室，這也是校內特為教員所建築的，預備教員家眷的住處。再往西去，就是些沙土陵阜，有些矮樹野草，綠茸茸的一望皆是。這日正是星期日的上午，江邊的風，受了水氣的調和：雖是秋末冬初，尚不十分冷冽，有時吹了些樹葉落到江波上，便隨著微細的波花，無蹤影地流去。

教員住宅靠江的一間屋子裡，一個二十七八歲的青年，對著許多書籍稿紙坐著發呆。他不是本地人，然而他在這個校裡，當高等部教員主任，已將近三年。

自近兩年來，連他的母親、妻子，都搬來同住。他的性格是崇高的小學教員的性格，他雖是不到三十歲的青年，然作這等粉筆黑板的生活，已經有七年多了！他自從二十歲在師範學校畢業以後，為生活問題所逼迫，便拋棄遠大的希望，經營這種生活。他性情縝密而恬遁，獨勤於教育事業。終日與那些紅頰可愛的兒童為伍的事業，是他非常樂意的。他不願在都市裡同一般人亂混。他覺得他的生活的興味，這樣也很滿足的。他的學識不壞，即使教授中學校的學生，也能勝任，不過他是沒有這種機會，他也不找這種機會，他情願一生都是這樣的平淡，閒靜，自然。可是他的境遇，現在雖是平淡、閒靜、自然，他的心中，卻終沒有平淡、閒靜、自然的時候。因為在他二十歲以後的生活裡，忽然起了一次情海的波紋，這層波紋，在他的精神裡，永不能泯去痕跡。他從前是活潑的，愉快的，然而這幾年來，他是沉鬱得多了。時時若有一個事物，據在他的靈魂裡，使他對於無論什麼事，都發生一種很奇異而不可解的疑問，因此他的心境，越發沉滯了！

這日是休假的日子，校裡的兒童，都已放假回他們快樂的家庭裡去，忙碌一星期的那些教員，也都各自找著他們的朋友，出去閒玩了。他這時候卻坐在自己的書室裡，對著一層層的書籍出神。原來他為《教育報》作的稿子須於三天以內作完，他想作一篇關於性欲教育的文章。早已參考了許多書，立了許多條目，這日用過早飯以後，他母親和他妻與一個三周歲的小孩，都到鎮中人家去閒談去了。他獨自坐在這裡，想要將他的教育思想，趁著這一天的閒工夫，慢慢地寫出。

他坐在一把竹椅子上，排好了書籍，鋪正了稿紙，方要拿筆來寫，但只是覺得身上陡的冷了一陣，覺得從窗隙鑽進來的風使他心戰；頭上痛了一會子，不舒服得很！他不知怎的，把著一支毛筆，只是望著對面綠色刷的壁上掛的五年前自己照的相片發呆。那張相片，雖是裝在鏡框裡，然五年以來，片上的顏色，已有些陳舊，隔了一層細塵，更顯得有些模糊，就像他的生活一年比一年暗淡一樣。他看著相片框子上嵌鑲的花紋，彎曲而美麗，像那一點曲線裡，也藏著一個生命的小影在裡面流轉一般。他想這必是一個有名的美術家的作品，他不禁微微地嘆了一口氣，自己尋思，這就是一個人的精神剩餘嗎？想到這裡，低頭看看一張草稿上，仍然沒寫上一個字，便很勉強地拔出筆，向紙上很抖戰地寫了「性欲」兩個字。哪知這支筆尖，早是禿了半截，寫得認不清楚。他很愁悶地將筆往案上一擲，心裡宛同有塊石頭塞住了似的，漸漸地立起來，抽開書案下層的抽屜，檢了半天，方檢出一支筆來，又一翻檢，他不禁很驚訝惶急地說出一個「咳！……」

字來，這個音由他喉中嘆出，然而非常急促而沉重。他靜默無語，拿出一張硬紙紅字的美麗信片，用盡目力去注視。室中一點聲浪沒有，只是兩個雲雀，在窗外的細竹枝子上，一遞一聲地嬌鳴。

信片雖是保存得非常嚴密，紅色的字跡，經過幾年的空氣侵蝕，也將顏色褪得淡了許多。他這時無意中將這個信片找出，便使他靠在椅背上，幾乎全身都沒得絲毫氣力。原來那張信片裡，藏了許多熱烈而沉摯的淚、愛和不幸的命運，以及生活的幻影。也就是他的情海中的一層波紋，是他永不能忘記的波紋。

他呆呆地看了一會，很沒氣力地將那信片輕輕放在案上，自己想道：這是她最後的遺音了！這是她最後的遺音了！卻再也不能夠想起別的事情來。無意中將剛由抽屜裡找出來的那支新筆，掉在地上，他便俯著身子拾起來，一抬頭含著淚痕的眼光，與那壁上掛的相片接觸著，猛然又想起是五年半的光陰了！那時這張相片，比較現在的面色，卻不同得多，宛同她這紙最後遺音是當年一樣鮮明的顏色，少年的容貌，都一年一年的暗淡消失了！而生活的興味，也一年一年地減去了！環境的變遷，真快呀！……他想到這裡，那很細瑣很雜亂的前事，都如電影片子，一次一次地在他的腦子中映現而顫動了。

他想：他自從在學校畢業的那一個月裡他父親死在銀行的會計室中，他本來可以再升學的，但那時不能有希望了。他父親死了，家中又沒有什麼收入，他有個姊姊，有四十多歲身體很不康健的母親，不能不離去學校，謀一家人的生計。於是他便由一個朋友的介紹，往一個極小的外縣的農村裡，充當一所女子高等小學校的歷史國文教員。那時他剛二十一歲，然而他在學校裡，成績既好，性情又和藹，所以人家很信任他。

他記得第一次由家裡去到這個遠地的農村學校的時候，他母親和姊姊在門首送他，他母親，逆著很勁烈的北風，咳嗽了幾聲，及至咳完，眼中早含著滿眶的淚痕。他姊姊替他將外衣披好，一斷一續地似乎說：「兄弟，你現在要出去做事了，第一次的做事，身體也不……要勞著！免得……媽……老遠的紀念著！……」這幾句話沒說完，一陣風就將他姊姊的話咽回去了。

他想到這種念頭，記起他自小時最親愛的姊姊來，可是他姊姊已經同她的丈夫到北方去了，遠隔著幾千里的路程呢！

他在那個極僻陋的農村子裡，做一個月二十元的教員，卻平平地過了一個年頭，第二年他姊姊同他母親也因為家中生活困難，便也搬來同他住在一處，後來他姊姊就同他的一個同事結了婚。

他想了這一些往事，便用手點著那張信片的拆角，心裡很酸楚地想：「我若不遇見你，我的精神當沒有一點反騰，可是啊！你是一個鄉村中天真活潑而自然的女孩子，即使我不到那裡去，你也可以很安貼地做一個無知無識的鄉村婦人，到現在，在你的平靜家庭裡，安享點幸福，不比著飄零受苦好得多嗎！」

他回憶在那個農村裡與她無意中相遇見的時候，是在他到那裡第二年的二月裡。有一天下午，校中的女學生，都散學走了。他拿了一本詩集，穿了短衣，出了村子，就在河岸上一個桃樹林子裡，坐在草地上讀去。那時桃花，已經有一半是開好了，紅色和白色相間，爛漫得實在可愛，他檢看書籍，精神極愉快，頭髮蓬著，從花影中現出了他的面貌。河灘裡一群男女孩子，在那裡遊戲，她從山裡採了一筐子茶芽，同她的女伴，沿著河岸走來，恰巧一個頑皮的孩子，揚起一把沙泥，向空中撒去，於是她的眼眯了，一失足跌在岸旁，觸在塊石頭上，便暈去了。小孩子嚇得跑了，她的女伴，都是十六七歲的女子，也急得在那裡一齊亂喊，有的哭了。他看見了，便走去幫著她們將她用人工救急法治醒了。不多時她的寡母也來了，便扶她回去，向著他道謝了好多話，請明天到她家裡去。他這時第一次認識她，他是第一次看見她清秀美麗的面龐，神光很安靜的眼睛，便給他留下了一個不可洗刷的印象，在他腦子裡。她們走了，日影也落到河水的沙底裡去了，他只是看著撒下的碧綠鮮嫩的茶芽凝想。

自此以後，他在這個鄉村裡，便得了一種有興趣而愉快的新生活。她是這鄉村中很窮苦的女子，她比他小了四歲，她的家庭，就是她母親和她，是村中人口最少的家庭。她是天然的美麗，天然的聰明，而又有豐厚而纏綿的感情。她的言詞見解，處處都能見出她是天真未鑿的女子。她每與他作種種談話，都帶了詩人的神思，她實在是自然的好女子。她母親以誠懇的態度對他，不過她家中非常清苦，他去時只可坐在她那後園裡桑樹陰下的石頭上，飲著很苦而顏色極濃的茶。

她識得幾個字，又加上他的指教，不半年的工夫，他便將她介紹到學校一年級裡去讀書。但她還是有暇便去採茶，飼蠶，紡織，做針線，去補助她家的生活，他每月給她幾元錢的補助，但是別人都不知道。

她讀書的天資，別的女孩子都趕不上，他也非常喜歡，於是一年的光陰，由溫和的春日，到了年末。她的智識已經增加了許多，可是她那爛漫天真的性格，卻依然如舊。在這一年中，算是她與他最安慰而快樂的一年了！他在這一天一天的光陰裡過去，他只覺得似乎是在甜蜜與醇醪中度過。因為他們的靈魂，早已作了精神的接觸，便於無意中享得了戀愛的滋味，這是他到了現在，方悟過來。那時只知是彼此的精神情緒，都十分安慰罷了！

他回想了半天，想到那時，他與她游泳於自然的愛河中的愉快，到如今還像就在昨天，或是剛才的事一般。但他又記起由喜劇而變為悲劇的情況，悲劇開幕的原因，即在她母親的死。

她母親自青年便受了情緒與生活的失調和壓迫，早種下了肺結核的病根，這幾年來雖然看著她自己的愛女，漸漸大了，長得美麗，又有智識，又因得了他的助力，心上也比從前放寬了些。但是她的身體，究竟枯弱極了，便在她女兒入校讀書的第二年四月裡死去了！她家裡沒有餘錢，更沒個人幫助，她哭得幾次暈昏過去，幸得他姊姊同他去勸慰，他省了一個月的薪水，方得將她母親殮葬。然而她成了孤女了！他的姊姊又恰在這時，隨他的姊夫到別處去了。他與他母親商好，便將她搬到他家去住著。她終日裡常是哭泣，他母親也非常的可憐她，究竟是有些防嫌的意思，他覺得了，她又不是蠢笨的女子，自然也明白，更是終日自覺不安，所以他們自從經過這番變動以後，除了在學校以外，形式上更是疏遠，而他們的精神上，卻彼此都添了一層說不出的奇異而恐懼的感覺！

這個鄉村的人，是非常尊重舊道德的，雖有女子學校，也是不得已方請了幾個男教員。他是很純潔而誠篤的，所以自到這裡，無論是農夫啊，私塾的老學究啊，對於他沒有什麼惡意。但自從他將她介紹到女校裡去念書，有些人便不以為然，不過還沒有公然的反對；自她母親死後，經此一番變動，村子裡便造出許多的謠言來，說他兩個人，尤其以鄉村婦女為甚。她們都向他的母親亂說，他母親更是著急，那時女學生也不大去聽他的教授了，於是村中的校董，便著急起來，直接將他的職務辭掉，他遂不能繼續在這個村子生活。但他卻也不以為意，商同母親願同她一同回到別地方去謀生活去，不料他話還沒說完，他母親便給他幾句極堅決的話道：「你自幼時，你父親便已為你訂過婚的，現在你為她竟然丟了職務，也好！我就趁此機會，回家去與你完婚……再打算法子……她……你不必有什麼思想！……」

這突如其來的打擊，他與她生命之花的打擊，使他昏了半天！原來他在高小學校的時候，他的父母，便看好一個親戚的姑娘，就暗地裡將婚定妥，因他素來主張婚姻自由，所以直至他父親死後，他當了教員，他母親才將這個消息說與他知道。他這時方明白他母親雖是愛惜她，卻防嫌她的原因，他這時看見婚書，聘禮，擺滿了一桌子——他母親給他的證明——他心裡直覺得一口口的涼氣，滲透了肺腑，可是他不能捨棄了他母親，便不能毀了這個婚約。他覺著這時什麼思想也沒有，只是身子搖搖不定，手足都沒點氣力。後來她進來了，看明白了，他與他母親的情形，都在她聰明而有定力的眼光裡，她乍一見時，有一疊淚波，在眼裡作了一個紅暈，即時便現出滿臉的笑容。和他母親看戒指問名字，還忙著給他賀喜，他也不明白她是什麼意思，便很悲酸而顫慄地倒在床上。

　　這一下午，他這個小小家庭裡，異常清寂，她在屋子裡寫了半天的信件，晚飯後，便親往郵局去了。他呢，痴痴地趁著月明下弦的殘光，披件夾衫，步出村子，到樹林子裡依著樹，細細地尋思。但是他的尋思，很雜亂，不曉得怎樣方好！

　　末後，她也來了，星光暗淡下，嗅著林中野薔薇的香味與自然的夜氣，兩個人互握著手立著，總覺得彼此的手指，都是有同速率的顫動，而各人手腕上脈搏，跳得也越發急促。他們這時卻不能說一句什麼話，也不知是酸是苦，覺得前途有一重黑而深覆的幕，將要落下來了！

　　他們這樣悲淒的靜默，約有四十多分鐘的工夫，後來還是她用極淒咽的音說出了一種忍心而堅決的話，這話他現在回思，像當時她在耳邊梳著雙髻嗚咽地在他肩頭上，說得一般清楚。可是他這時已沒有勇力再去追想。但記得她末後說的幾句話是：「不能在你家了！……我要赴都會裡謀生活去……這村子的人，都拿我……無恥……那封信，是寄與我一個表姊的……她是在那邊當保姆教員……但是我不！……永不！……訂……婚！……也不……願你……還記！」……他記得說到這裡，兩個人便一齊暈倒在草地上了！

以後的事，他也不願想了。這是明白的事，她竟自獨身走了！他也作了戀愛的犧牲者了！結過婚了！他這位用紅絲繫定的妻，也是高等女學校畢過業的學生，性情才貌都很與他相配。若使他未曾經過那番情海的波紋，也沒有什麼。但是他自此以後，雖她——他的妻——對他，有極美滿的愛情，他終是覺得心裡有個東西成日裡刺著作疼。

一年一年地過去了，他起初和她通過幾次信，可是她來信總是些泛泛的平常話，對於過去的事蹟，卻一句也不提及了！後來他充當了江邊市鎮學校的主任教員，她便寄這一張最後的遺音與他，說她近在某公司裡充當打字生——但不知是哪個公司——後面她說她現在立誓不與男子通信，情願一輩子過這種流浪生涯，並他也往後不再通信，即去見她，她也絕不願再見他，她說他的小影，早已嵌住在她的心頭，從此就算永沒有關係！她這封信，連個地址也不寫上，他一連寫了幾封沉痛的信，往她的舊位址寄去卻是沒見一個回字。他為她到過那個都會兩次，卻沒找到一點關於她的消息。

過了二三年，他有了個小孩子，生活上不能拋了職務，家庭上也多了牽累，他與他妻子的愛情，在長日融洽裡，不知不覺地比初婚時增加了好些，但他心頭上的痛苦終難除去！

他這半日的回思使他少年的熱淚，濕透了那張最厚的信片，淚痕滲在紅鋼筆寫出的字跡上，宛同血一般的鮮豔。

二點鐘三點鐘四點鐘也快過了，他坐在竹椅上，也不起立，也不動作，草稿上還只是有很草率而不清楚的兩個「性欲」的大字。

日影漸漸落下去了，風聲漸漸息了，一對嬌鳴的雲雀也拍著翅兒，回他們的窠巢去了，但他這個傷心夢影，卻永沒有醒回的一日！

院子的外門響了，他的妻穿了一身極雅淡的衣裙，抱著三歲的孩子，孩子手裡弄著一支白菊花，娜地從枯盡葉子的藤蘿架下走進來。他們進屋來了。那小孩子呀呀道：「爸爸！……爸爸！……一朵花呢！……」說著便將鮮嫩的小手，向空中一撲，將花丟在他的膝上。他這才醒悟過來，將那封最後的遺音，往抽屜中一丟，猛回頭，卻見他妻看了看草稿上「性欲」二字，朝著他從微紅的腮窩裡現出了一點微微的笑容。

一九二一年三月。

春雨之夜

黃昏過了，陰沉沉的黑幕罩住了大地。雖有清朗月光，卻被一層層灰雲遮住，更顯得這是一個幽沉、靜美、蕭條的春夜。

燈影被窗隙的微風拂著，只在白紗幃上一來一往地顫動。我正自拿了一本現代的英文新詩集，包桃林所作的一首，名「悲哀之夜」，裡面有幾句是：

我聽見落葉松林中如流水的聲相近，
發出了聳動啊、靜止啊，和那種搖音。
在寂寞的夜裡，未眠之前，
我盡能聽聞。

我口裡重復念著，正在咀嚼那「寂寞之夜，未眠之前，我盡能聽聞」幾個字，仿佛這種文字裡有濃厚味道一般。我便想寂寞之夜啊，今夕。……想到這裡，不覺得便把很厚的一冊洋裝書掉在床上，原來有一種細微淒涼的聲音，衝破了這個靜境。那種聲音打在窗紙上，流在樹葉上，點滴在門外的菜畦邊軟而輕鬆的土壤上，都似奏著又靜又輕妙的音樂，一聲一聲打著人們的心弦。起初還滴答滴答地散落作響，後來被陰夜的東風催著，一陣陣淅淅瀟瀟，卻完成了這個寂寞的春雨之夜。

有這等輕靈淒咽的雨聲，似是沖跑了寂寞；然而使人聽了比靜守著寂寞還要恐怖，還要感動！

和美的聲音，容易觸發人的深感，而幽淒的音響卻難給人以愉樂的同情。幽淒的音啊，你怎麼這樣容易使人回思，使人想到那些微小的事實上去？這些事實，是深深地埋在人們的心深處，永遠，永遠用血花包住沒有凋萎的日期，一得了幽淒音響的滋潤，便開了蓓蕾，放出悱惻醉人的芳香，不過這等思想的芳香卻使人如嚼「諫果」，從辛澀中得出甘苦的味道。

燈影依舊搖著，白紗的輕幃沙沙響動。一陣陣細雨聲，使我重回到幾年前的夢境。——八年前的夢境，或是虛偽的夢境？——腦中的幻想重重演出：荒野沉黑，輪聲激動，細碎的雨點，打在玻璃窗上作清脆的音響，哦！又是一個別樣的春雨之夜。

那夜是三月末的一夜，在一輛火車裡，慘慘亂搖的燈光，映著這一連十數輛的客車，在荒郊中慢慢行去。那時不過晚上十點多鐘，雖是春夜，卻因在日落前下了一場雨，料峭東風，吹得車中人都打幾個寒噤。車中的旅客也不多了。我那時靠在窗下，閉著眼睛，只是恨這天火車的輪機轉動得太慢！雨中的汽笛聲也非常沉悶，像啞了喉嚨的老人拼命呼喊一樣。越聽得出車外雨聲的清響。使人雖覺得精神沉悶，卻只怨車開得慢，沒有一點反感因為雨的來臨。

我正想入睡，只是睡不著，忽有種親切聲音，由對面傳來道：

「哦！你起來……起來呀！看看有星星在天上了。」

我不自主地睜眼向對面望去，原來是兩個旅行的女子。一個大一些的，一身淡素，一看便知是個在中學的女學生。那個小姑娘也不過十三四歲，梳著兩個辮子，右手持著一張時下流行的畫報，左手卻墊著腮頰，俯在那個女學生的身上，她肩窩一起一伏地像在那裡哭泣。那個大幾歲的，聰慧的面目上，也帶著悽惶的樣子！手裡拿著沒有織成的墨綠色絨織物，一邊用手撫著小姑娘的柔發道：

「妹妹……你不聽見雨聲小些了嗎？今晚上……待一會星光有了。明日啊……我們就躺在母親的床上。你忘了嗎？母親叫你畫的那張水彩畫……我和你釘在母親的鏡臺上面。……唉！你笑了嗎？」

那位小姑娘果然站起來拭了拭淚痕，兩隻明黑的大眼望著姊姊。一會隔著車上的玻璃窗子，聽聽外面的雨聲，便又似有什麼歡喜的大事一般，兩隻手搭在她姊姊肩上，有自然的笑容。但是那位大幾歲的女學生，淺灰色的衣襟前卻已潤濕了一大片。她只是呆望著搖動的燈光，彎彎的眉痕時而蹙起，時而放開，眼睛裡一片紅暈。一會兒撫著胸口裝作咳嗽，像怕她妹妹知道；一會兒強拉著小姑娘的手，柔和地親愛地和她低聲輕談。

雨聲只是零零地不住。我看她們那樣天真，忘了車輪轉動的快慢，心頭上有一種純潔的感動！至於她們各人為什麼不高興，為什麼煩惱，只有輕妙的雨聲能知道吧？

雨聲沒停，車輪卻轉得快了。到了最後一站，我們便冒著雨，挾著行李，下了車。各人都帶著冷縮疲倦的神情。這個站是個鄉村商業的市鎮，除了幾十家工廠和鋪店外，卻沒有什麼人家。道路上石子沙土被雨水膠合在一起，又沒有什麼車輛，委實難行。我們這時只望有個屋子休憩，因為那時已近半夜，一日的旅行，加上春雨中的苦悶，確是疲勞不堪。於是我們這一個客車上的同行人，便被一家棧房邀去。他們有些人扛著行李急急地走去，我只是緩步尋思。

半夜的冷風，挾著雨絲從斜面裡往人臉上打來，我在前面時時回頭望那兩位姑娘，還在後邊。小幾歲的緊緊倚在姊姊身側，她姊姊挾著一個旅行用的皮囊，舉起遲緩無力的腳步，緊蹙雙眉，隨著我們走來。這時去站不遠，電燈光還可照見。

棧裡的房子很多，我便同好多做工的人住在一間大屋子裡。十二點了，一點了，雨聲漸漸停止，唯有門前大樹葉子上面的雨水時而流下來的微響，可以聽得見。我翻來覆去兀是睡不寧貼，又覺得身上微微有點痛。屋內還燃著油燈，看看旁邊那些工人都呼呼地睡得非常沉酣。雨後的夜裡，愈顯寂寞，窗外水道裡聽得出流水潺潺的聲音，馬棚中的蹄聲過一會還蹴踏不已，我竭力想睡去，總睡不好。喔喔的雞聲啼了，天快曉了，荒村中的春雨之夜也將終了，方朦朧睡去。

第二天仍然烏雲密布，沒一線兒陽光。清晨的冷空氣，使人有新鮮的感覺。我不能再遲延了，雇好馬匹，要踐著泥濘的道路走去。

我正在院子裡徘徊著，看竹籬裡萱花的綠長葉子，紅黃花蕊，著了昨夜一場時雨，非常嬌美。忽聽得隔室裡有女子呻吟的聲音。那邊室門開了，昨晚在雨中同車的那位大幾歲的女學生，微蓬著鬢髮，立在門口。我看她的眼圈卻紅腫了。她一邊望著陰沉的天色，一邊帶著吁氣的口氣向室內喊道：

「你不要著急，今天到家了！……到家了！母親見我們回去就好了！你不要急得發燒……啊！」

一九二一年初春。

月影

馮惠真從她的同學家中回來，胸中貯了憂鬱與慘傷的熱血！她記得，出她同學那個竹籬編成的門口的時候，就覺得心口裡一陣陣地被哀痛的同情的血絲扭絞得作痛，當她那位憔悴虛弱的同學，用抖顫無力的手指，和她握別的時候，她幾乎沒有立住的勇氣，心撲撲地跳，連句慰藉的話，也說不上來。溫和暮氣中吹來的拂面春風，她卻連打了兩三個寒噤！那時太陽還射著微末的紅光，從淡淡的白雲中露出，街頭柳樹嫩綠的枝上，已是暗淡模糊，蒙了一層黑影。她那個可憐的同學，柔脆的心，已被悲哀衝破！含著滴不下來的眼淚和她對立在一棵成陰的杏樹下面，呆呆地，只向三碼外的柳枝裡看。

自然，她的同學，沒有再聲明看什麼的勇氣與言語的能力，但她是知道的，的確，她想得和那位失望的婦人的心思，差不得一些。她卻不敢說出；她雖不說出，而恐怖的意識，已經在她的腦神經中，開始活動起來。她便從悲哀的同情中，加上了一重隱約，細微的恐怖！她不能不走了，她們對立在竹籬外，約有十分鐘。

各人的眼光裡，表現出特異的，奇訝的注視，各人的腦子裡，演出些痴念，與恐怖的幻影。她們緊緊互握住了手，在靜默中，自能從精神上，互訴出最大量的悲慘的同情！

太陽完全落下去了，片片的輕雲，仍然在空中流動。東南山角上，已籠出一個半圓的月兒來。月光很淡薄的，然而照到遠處山凹裡的平林，突出的峰頂，農夫的小屋，山腰中的幾株馬尾松，蒼蒼茫茫，現出一幅淡遠模糊的月夜圖。

小小的河流，從半坡形的曲澗中流過，由石齒內透出的清冷輕散的聲音，漸遠漸細，和坡上的野薔薇的芬芳的香，一同散布在這個春夜裡，來和寂寞的月色作伴。澗旁有條崎嶇的小道，便是惠真回校的道路。

原來她是這山後一所鄉村公立小學校的教員，她那位同學，便是那所學校校長的妻子。

山中石道，彎曲得委實難行，細碎的小石子，布滿了路面，兩面低低的石壁上，牛蒡子，和榆葉梅的細枝，交互橫斜，往往將裙子掛住。但她這時全不覺得，心上沉沉的不知想些什麼，踏碎了滿地的月光，她也沒有什麼興感。仿佛看見一個小小的搖籃裡，盛著未滿四歲的一個女孩子的屍體，疏秀的眉，長而且黑的睫毛，緊閉著雙唇，還似向她作默示靜穆的天真的笑。搖籃外面，一簇鮮豔的海棠花，映得那女孩子的腮頰，都失了紅潤。這種印象——兩點鐘以前的印象——使她柔脆的心弦裡，一面奏著哀慘的幼稚的愛的音樂；一面卻觸撥起恐怖與顫慄的響聲來！她不時地回頭望去，似乎她那位同學，白瞪的，無神的眼光，直愣愣地還似對她釘住。於是她心裡雖想著快快走到校內，而聽著水流觸著大石的聲，和衣裙拂著草根的細響，都使她的腿力減少，疲軟，自己握住兩手，覺得手指，都冷冷地發抖，氣息悶在肺部，呼吸也有些困難。

　　月亮已明了許多，照得山徑中各種東西，都似活動的一般，水流聲也更急，而聲響也越大了。天上有幾道星光，都似向她的眼光中射出奇異的色彩，山上的樹影，被風吹動，也要向她撲來，她覺得額上的髮，有些水沾濡著，用手勉強拭去，也不知是哪裡來的汗珠，身上雖是穿著兩件夾衣，還是冷得不堪。越想快走，而腳下絆住的東西愈多，可恨的小石子，偏跟著她的裙緣轉動。忽地撲的一聲，從她頭上，有個東西穿過去，她不覺得便斜倒在一叢矮樹的枝上，身上的神經如觸電一樣的痲木顫抖，眼也不敢睜了，彷彿這恐怖的空氣，要將她緊緊壓在一個洞裡一般！

經這一番驚恐的打擊，反將她的精神回復了，她定了定神，如做夢初醒似的，立起身來很長地吸了兩口氣，便清楚了好多，只是身上的冷汗還沾濕了衣袖。她扶著道旁的樹，一步步走著，足力也強健了，走了幾十步的光景，轉過一條斜路，便看見幾處矮矮的茅屋中，露出半明的燈光，一片青草的廣場左面，老遠就聽得有和平輕微的風琴聲，吹到她的耳膜。「咦！到了！」她從欣喜與願望中，迸出了這三個字。

半圓的月影，由山角移到了中天，學校裡各屋子都沒有一點燈光，獨有馮惠真的窗前，尚燃著一支燭。燭光微弱得很，一層燭淚流在黃色的銅碟中，由純白變成青色。馮惠真手裡拈著半支紫杆的鉛筆，向一張粗紙上亂畫，她的手指仍然顫顫的，寫得不能成字。這寂靜的夜裡，越發使她興奮的思想，轉到不可解釋的悲哀和疑悶上去。這人生的苦痛，她替她那位親愛而和善的同學，生了真誠的感嘆。她想：「我是下午散課後去的，因為昨天聽校長——她的丈夫——說：『可憐的小孩，據醫生說，已經有了生機，不至出什麼岔子了。喉頭已消腫了許多，據說那還是百日咳的餘根，受了點外感，也沒什麼危險。』不過他說時，不住地皺眉，連連地道：『不如沒有孩子倒還好些！現在我添上了兩重的憂慮！她！……她！……』說到這裡，他就咽住了，我當時知道我那位同學。她要陷入悲慘的境遇了。快得很！哪裡想到，我今天一去，就碰上了他們悲劇的啟幕呢！可憐啊，她——女孩——弱小的靈魂，尚似不知人世的依戀，臨死的時候，呼吸已不繼續了，還拿著她媽的鬢髮笑呢！她媽只當她索乳吃，剛解開紐扣，我用手撫她的胸口，卻冰得我幾乎喊了起來。

「啊，我這是第一次見死的生物，卻偏見這個幼小可愛的女孩的死！她媽的景況，咳！……人為什麼要結婚？又為什麼要他們血統的與藝術的產品。愛是悲的背影！人們的生，只是催速著往死上走去！死究竟是勝利啊！可憐的人們，都是生與愛打敗的俘虜！……」她想著將手一抬，不料用衣袖將燭光撲滅，屋子裡卻還不十分黑暗。白色的窗幕，映著帳子，還可看清壁上的油畫。她不再燃燭了，卻也不想去睡。聽得前面廣場外的樹中，發出微微浮動的細聲，遠處有牛羊的鳴聲，哀長而淒厲。她用雙手遮住了目光，靠在椅背上，重復想去：「這時，她怎樣了？土堆裡新埋了一個生的肉體，伴著這個明月，在孤寂的山田裡。可憐她的母親，必是倒在她臥床上吧！她頭髮一連七八天未曾梳過，衣服上淨是藥汁的臭味。……她在我們同學中，人人都稱羨她是最幸福的，她的丈夫，和她有真誠的愛，又是誠篤的青年教育家。他們甘守著澹泊的境遇，度著甜蜜的歲月，也可謂……她結婚不到三個年頭，竟然有了他們的藝術品。我們同學聽說，都說她是十分有好運的人。……是的，他們的愛情，自然是無缺陷的。卻是今天受了這個圓滿中的重大打擊，將他們戀愛之果的藝術品打碎！他們小小的家庭裡，宛同上了一層愁雲的帳幕。……看他那種悲哀──痴呆的悲哀，因為她丈夫要埋了已死的女孩，她卻和她丈夫吵了一陣，平日溫和的態度也沒了。這幾天，她似乎老了十年！……」馮惠真尋思日間的事，到這裡，便膽怯起來，不敢再去繼續想去，然而又壓不住這狂奔的思想，她轉想到晚上走了四里長的山徑，便又覺得恐怖似乎向她襲來！

一陣風從窗外吹進，將白色窗幕揭動，她伸手拉起向窗外看去，隔著玻璃看那月影，照在山谷樹木上綽綽約約，都似在那裡跳舞，又似乎一株櫻花，一枝柳條，都表現出靜悄幽悶奇異而可怖的情調來！她從高處下望，她同學的居室，還彷彿看得，是在一帶平林的後面。她想那裡，更是個可怕與淒慘的所在！

夜中的風，使人容易受涼，她被風吹，身上有點冷意。腦中又紛亂害怕起來。

她似乎看見那個可愛的女孩，在操場邊一棵櫻花上向她微笑；又似是伸著小臂，遠遠要和她接吻。她這個恐怖的感覺，登時如在山徑中一樣的支持不住，便匆忙地放下窗幕，一轉身伏在白色的枕上。記得從前，她曾親那女孩蘋果般可愛的小腮，覺得又軟又溫。她倒在枕上，顫顫地用手指按住了她的嘴唇，由窗中漏進來的月影，正照在她的手指上。

一九二一年四月十日夜十一時。

一欄之隔

是兩年前的一個光景，重現在回憶之中。

春天到了，溫暖美麗的清晨，正是我從司法部街挾著書包往校中去的時候。那條街在北京城裡，也可算比較優雅別致的街道，可也是一條森嚴與慘酷的街道。看見街道的命名，便可想到這是個什麼地方。大理院、高等審判廳、地方審判廳、威嚴的司法部，轉角去便是分看守所。它們雖是威嚴，而鐵欄裡面，卻偏有好多的花木掩映。紫色與白色的丁香，霞光泛映的桃花，在婀含笑的花葉中間更有許多小鳥，跳躍著，啁啾著，唱著快樂的春日之歌。每天都與鐵索的郎當聲、守門兵士的皮靴聲、法警的佩刀聲、進門來的汽車聲、馬鈴聲攙雜著，和答著，成了一種不調協而湊和的聲調。無論誰，凡從那裡走過的，都要向四面看看。賣零食的老人、售紙煙的小販，以及戴了方翅穿了厚鞋的旗裝太太，與下學歸來的兒童，走到那裡，也都要把臉貼在鐵欄上向裡望望，並且臨走時放鬆了腳步，並非急急地走過。

我是他們中的一個，並且因為自然美的引誘，與每天的習慣，更是「不厭百回」地看。

有一天，剛打過七點三十分的鐘，我就匆匆走出寓所。方出巷口，立刻使我的感覺落入了另一個境界。融暖輕散的晨風，吹過對面的花叢，那些清香又甜淨又綿軟，竟把我昨夜埋下的胡亂思想，全部消融。只感到陽光的明媚，和人生的快樂，幸福。而且在這片刻的思想中，不知從哪裡來的魔力，使我仿佛覺得真有個「造物主宰」，散布下許多快樂的種子，種在每個人的心裡。腳步驟然間迅速起來，由對面街口穿過街心跑到西面來。啵啵的一輛紅色汽車，從我身旁擦過，幾乎沒有將我撞倒，但我這時並沒有半點恐怖與謹慎的心思，只看它在微動的街塵中馳去的後影。

「好美麗的花！」我心中這樣想，我的面部卻已貼近司法部大院前的鐵欄上。只看見累累如絨毯般的紫丁香花，在枝頭上輕輕搖曳。而耳旁卻有許多音波正在顫動，這種音波，是從街上和小商店中傳來的。

我正在看得出神，突然有個景象，把我的快樂觀念打退了。哦！漸漸地加多了！那個自以為是首領的人，開始喊出怒暴的呼聲。原來在丁香花中間，平鋪的青草地上，我忽然發現了一群奇異的生物。他們穿了半黃半黑色的衣褲，頸上腳上，都帶了鐵鍊。他們也一樣的很整齊，是衣服形式很劃一的隊伍啊。他們在春日的清晨，拂動著花枝，聽著小鳥的歌聲，來往在這所高大建築的陰影下的花院裡，努力工作。誰說這不是快樂的生活？比著那些成日在工廠裡、街道上，作機械般的工作者，不舒服得多嗎？這是我乍見他們這等情形的第一個思想。

他們在四圍的鐵欄裡，拿著各種器具：帚子、鐵鍬、鋤、繩索、木擔、簸子，正在各按地位工作。他們沒得言語，走起路來遲緩地、懶散地，沒點活潑氣象。他們真沒受著溫風的吹拂，沒吸到清爽的朝氣，更沒嘗過花香的誘惑？工作！工作！枝頭上婉轉生動的小鳥，似乎在嘲笑他們了。

是他們的幾個首領吧？戴了白沿高頂的帽子，青制服，皮帶下斜掛著短刀，還有種武器在手裡拿著，就是黃色藤條。「笨東西！……哼！……難道只會吃飯嗎？笨小子！……誰教你愛到這裡來！……你的皮肉不害臊吧？……」幾個紅面膛、粗手指的首領，即時怒喊起來。我聽到了「誰教你愛到這裡來！」這一句話，突然使我原是滿貯了快樂的心，迸出一種急不可耐的疑問來。「美麗的晨光，可愛的花木，誰也愛到這裡來。不是這個鐵欄的阻隔，我也願到裡邊去，坐在草地上，嗅著甜淨與綿軟的花香，是怎樣的快樂，更是怎樣的難得的地方，在這人煙紛雜的都市裡！不過是一欄之隔罷了，有誰不願到這裡來？為什麼你要發這種問話？」我心中想著，然而他們——囚犯們，卻悚懼不安起來！更謹慎、更殷勤地工作。草地上不多時便齊整了許多，潔淨了許多，越發加添了花枝招展的美態與春日的光明。不過他們似乎沒有感覺得到。他們的首領仍然是一份嚴厲面孔，監視的態度，像沒有感覺到花香與春光的可愛。

然而我初出門的勇氣與純潔的快樂，到這時候，也漸漸降落下來。

哦！北邊大理院裡的大鐘，發出沉宏的聲，正打過八點。這種警動的音波把我從欄邊喚醒，忽然想到我也有我的事呀，便匆匆離開鐵欄，往南走去。而他們和他們首領的表情、面貌、言語、動作，一直使我在聽講心理學時，還恍惚在我眼前。

「人們的情緒與感覺的轉移，是不可思議的。一樣的明月良宵，為什麼有的狂歌飲酒，有的傷心灑淚呢？一樣的一種好吃的食物，為什麼快樂的人吃之唯恐其盡，而愁悶的人不能下嚥呢？……思想的變遷，由於所處地位的不同而有差異，而情緒與感覺，也不能一律。……」我在位子上，以前並沒有聽到先生說的什麼話。忽然這幾句疑問式的講解，觸到了我遲鈍的聽覺，我不禁暗中點頭。繼續聽下去，卻越聽越不明白。

揭開我的洋裝本子看去，哦！原來他早已開始另講一章了。

那片刻的經驗又蒙上了我的心幕，天然的景物，與他們的面貌，又恍若使我置身鐵欄之側。

新經驗的催促，卻提起我的記憶來了。

方才經過的事實的餘影漸漸暗淡起來，新顯出了一個多年前的心影。冬夜月下，在清淨與寒冷的鄉村街道中，我仿佛聽見喧呼歡喜的聲音，雜遝的步聲，追逐著、踐踏著刀刃的相觸聲，哈哈！……哦！……啊哈的人語，帶出可怕與騷動的意味。

那段使我難忘的記憶——

那年的冬日正是永可紀念的冬日。各處革命軍報告捷音與獨立的電報，新聞紙上不斷地登載。我們僻遠的鄉村中也知道了這種消息。可是那時，我正是年輕孩子，偶然看見，不甚關心。不過覺得心境上有種新鮮與變換的希望！十月過了，十一月又到了末日。天氣冷極了，鄉村的道路上堆滿了白色的冰雪，太陽每早從冷霜中升起，到了將近晌午的時候，方才明朗。有一天忽聽得鄰舍人家都說：我們的鄰近什麼縣城也獨立了，縣官跑了，有的說已投降了革命。其實什麼是獨立？什麼人是革命黨？大都說不清白，但人人覺著大的禍事與大的轉變都是不可免的了；也要在我們的地方出現。又一天，忽然有人說：縣城的北門樓上也懸起白旗來了。這個消息，迅速地傳出去，鄉村中人人都有絕大的驚異！後來的消息更多起來。募兵，捐款，修築城牆，要人人剪去髮辮，這都是鄉下人做夢也想不到的，弄得人人不知怎樣方好。其實他們也並不害怕，只是如墮在迷網裡，不知是怎樣的一回事！末後，更有一個分外驚奇的消息散出，說是縣城裡的獄囚都全行放出，一概免了罪了。「他們出來做什麼？誰有權力能讓他們出來？他們要上哪裡去呢？」這是鄉村中誠實老人們的疑問，是在茅屋中油燈下吸著煙悄悄的對話。

那正是傳出末後的驚異消息的第二夜。當天還沒有黑影籠罩的時候，在北風的怒號聲中，卻從我們那個鄉村大道上，過去了百幾十個人。其中似乎也有鄰村的一些勇壯少年。他們有的斜披著衣服，有的帶著棍棒與舊式的刀矛；有剪去髮辮，卻也有盤在帽子裡的。他們衝著北風，從村中經過，有幾個唱著「跳出龍潭虎穴中」的皮簧聲調。他們過去以後，便聽見村中的幾個老人低聲道：「今天晚上，咱們得早早熄燈，關門，睡覺。這群……是去接牢獄中放出來的囚犯的。大約在半夜，他們同那些人，要由城中回來。」於是這一夜從夕陽剛落下地平線時起，我們村中就下了消極的戒嚴令了！有小孩子的人家，更恐怕因無知的哭聲惹出禍來。早揀些好吃的東西，哄得不知不識的孩子們，伏在被底下作幼稚之夢去了。滿街上只有明月的冷光，照著融化不盡的冰雪。什麼聲息也沒了，如死的鄉村之夜，寂靜，沉默。我那時並不是很小的兒童了，同一個將近十歲的小表弟，還有一位常給我們料理點事務的張老頭在一處。他是將近六十歲的老人了，他所經歷的危險與到的地方，在左近的村子中沒人能比。我們三個人，在我家靠街的書房中坐著，圍了一個小小的火爐，燃燒木炭。慘白的月光，從窗紙上穿過。我的小表弟是前幾日才來的，他幼弱的心中，在那天晚上，也受了一個迷悶的打擊！大人的訓令，使他不敢多說一句話。倒是張老頭反倒精神興旺起來。他覺得這等事，實在沒有恐怖與戒嚴的必要。他吸著長杆旱煙，拈著鬍子，正在撥弄木炭的白灰。他還時時低聲說些他從前的冒險事，在山中走路，遇見盜賊打架……因此，我同小表弟更不想睡了。

張老頭正談得高興，起初還是啞著喉嚨低聲說，後來他說話的聲音，越談越高起來。小表弟這時也忘了恐怖，開始跳躍起來。

什麼時候了，我們都沒想到。

一種由遠來的喧叫與狂呼的聲浪，從夜的沉寂中破空而起。張老頭的話突然停了。小表弟顫抖地拉著我的手，伏在我的懷裡。

聲由遠漸近，彷彿屋子也被人聲震動了！張老頭不禁把雙手離開了火爐。

狂傲的呼聲中間雜些笑語，還有木器、鐵刃碰撞的音響，從街道上傳來。步履聲雜亂而且急迫。「歡迎！……歡迎！……出了牢獄的夥計們！再不作欄中的人了！……殺呀！……哈哈！……」這種駭人的聲，任誰聽了，身上也有顫慄之感。小表弟伏在我身上，連動也不能動。聲浪越混亂而擴大了。張老頭輕躡著腳步，從窗紙縫向外望去。我正想慢慢地拉他回來，因小表弟在我身上，他嚇得那個樣子，我推不開他。

一陣騷亂的喊聲又起來了：「……歡迎出牢獄的兄弟！……再不作柵欄中的人。……殺啊！……」又是一陣紛亂的走步聲。越去越遠，而歡呼的餘音還震得窗紙發顫！張老頭挪步過來，嘆口氣道：「出了柵欄了，放出來！他們去迎接從牢獄中放出的囚犯。真不明白，什麼值得這樣的出奇！唉！什麼世界？……怪不得我也老了許多了！……」那時我忽然想到牢獄中的夥計們，是住在柵欄式的屋子裡。

直到如今，我才明白我的觀念錯誤。原來歡迎者所說的柵欄正不必是一排一排的木椿堆列成的房子。

一欄之隔罷了！由這個春日之晨的新感覺，聯想到童年的經驗。

下課鐘響了，我究竟不明白這一課的心理學講授的是什麼。

一九二二年一月。

自然

她常常是這樣的，每逢在群人聚會，或歡笑的時候，她總是好目看著天上輕動的浮雲，或是摘下一片草葉子來，含在口裡，眼中有點微暈的流痕，在那裡凝思著，這天我們正在野外，開一個某某學會的聚餐會。正當我們將帶來的果品食物吃完之後，各人談著，而且欣笑地歡呼著，或者坐在大樹的根上，或者在水邊看水中碧綠微動的荇藻。一起有男女會員三十多個人，都以為這天是很快樂而舒服的日子。正是新秋的天氣，過午之後，還帶有餘熱的目光，一絲絲金黃色的光線，射落在濃蔽的樹葉下。微風吹著距離不遠的一所舊寺中的鐵鈴，在半圮的塔上響著，在林中有幾棵不多見的銀杏樹，也鼓動起扇形的細葉，槭槭地和鳴著。多快樂而清新的天氣，人人都覺著有無限的欣慰，跑來跑去地說笑。

獨有她仍是坐在這片森林的西北角上，靠了塊大石，向著對面幾棵樹上彼此一啼一聲鳴著的小鳥們，痴痴地看。我本來和她熟識，而且很知道她的。每見她這樣，我覺得替她深深地擔了一重憂慮！這回，我也在這個野餐會中，照例同一些人說了一會閒話，我心裡彷彿有點事記起，回頭看她的時候，果然又不見了。於是那重深深埋藏在我心底的憂慮，又重行蕩落起來！我便轉過一條不很平整的小道，穿過陰密的樹林，轉幾個彎子，方看見她痴痴地坐在一塊大石前面。

我走過去，在一棵數抱的柏樹下，便立定了，也沒說話。她似乎知道是我來了，但她還在繼續作她痴想的工作，未曾動一動身。

我便帶了悲嘆的聲音，向她說：

「老是這樣的孤寂呵！你看人家都是出來尋快樂的。……」

她如沒聽見地一般，眼睛裡卻有點紅暈了。我更不能不繼續我的話了。

「人在自然界裡固然不可時時為自然所征服，但也不宜過於違背了自然，你看在這個清新空爽的野外，一切的自然，都是有待我們去賞玩的，涵化的，你終是這樣的沉鬱而慘澹，雖在這樣新秋的野外，似乎這偉大的自然，並不能感引起你的興趣。你的身子，又素來弱些，如此長久下去……」

我沒有說完，她在痴望中，作勉強地微笑道：

「自然麼？只不過騙騙小孩子罷了！」

這句話真使我過度地疑惑了！平常我也雖聽到她好作絕對懷疑的話，不想她竟然懷疑到自然本體上去。我突然覺得我對於她的話沒可置答了，她向我看了一看，點頭嘆道：

「你過於懵懂了！自然的花，只須開在獨立的樹上吧。你以為天半的雲霞，郊外的鳥聲，都是自然之靈魂的表現。不錯的，然人類活在世上，不也是自然現象之一嗎？然而人生的自然之花有幾枝曾開過，幾曾將自然的芬芳，傳遍人間？罷了！再不要提起了，你看我只是小孩子嗎？……噯！……」

我聽她淒咽而悲感地說了這段話，我不禁將頭低了下去，我同時很懊恨不應該不加思索說出上面勸她的話來。因為熟知她的情形如我的，也會說出如同不關心而隔膜的話來。我更同時想到她的家境，她的深慮的悲哀，並她的無故的被人——被缺乏同情的人們的誹言。一一的印象，同時在我腦中映現而籌思起，我真誠地悔恨我不應該說那些話。

夕陽斜掛在林外，幾個小的飛蟲，嗡嗡地由身旁經過，她仍然痴望著樹林中，眼裡紅紅的，我也沒得話說。暫時的沉默。我覺得人生的痛苦，不必是在監囚與饑苦中呢，正不必是在絕望的失意與特別的境遇的，片時的無聊，而深鎖著永久的悲鬱，微末的感嘆，包括了無盡的同情，人與人的中心的關切共照到深深的痛苦之淵中，這片時的不快，正足以抵得過長遠的有形的鎖鏈，來束住身體呢！

她用手巾，揉了揉眼睛，冷冷地道：

「我們，自然更是人們所嘲笑與輕侮的女子呵！若不知屈服與心悅的卑辱，那末，人間就要騰起謠諑的冷酷的譏誚聲了。況且有些知識的女子，你如命她向惡毒的人間，作降虜去，不是更苦了麼！什麼？人的心腸，都幾乎是冰與鐵做成的。他們為什麼只知在口頭上作輕薄的冷酷的誇說與侮辱？他們都自命為知識者啊！……這也不必提了……一個人何嘗能得以自然地生著，自然地任著天性，而能在滿浮了灰塵的世界上立住呢！人誰能彼此作真心的慰藉！家庭吧，親族吧，虛偽與假作的面具，冷淡與應酬的言語，夠了，足夠了，而傷人的火，就在足下燃了起來！……還說什麼呢？何必向事實提呢？自然啊，只是草上的小蟲，與葉中的歌鳥，或者尚能分享與發揮一點吧！人嗎？……」一說到這句，她便將許久鬱結的心情，齊湧上來，將頭俯在臂上，雙肩有點震動，雖在平日她是不肯輕灑一點淚的。

我勸她什麼呢？我這多事的來到。這回卻使我踟躕不知要怎樣辦了，其實我也正在深沉地感想著。回思著人間的片刻，片刻，所層積與壘集的事：曾經聽到在流水的小橋上的微語，在牽牛花開滿了的院中留連，由山頭擷花歸來，在街心中的迅疾一遇呵！生命的迅忽呵！細葉的松針，在靜中彼此微動著。遠遠的墳墓，如怪物般地排坐著；鳥音婉囀的歌，野草散出自然的香氣，過去了！永遠地過去了！而痛苦與淒慘的印紋，在人生行程上，又深深地鐫上一道了！無端的尋思，與因同情而起的戰慄，似乎使我也無力再支持著在松樹下立定的身體。

末後，她忽然抬起頭來說：「你快去吧！看人家找不到你，又不知編派些什麼話了。人們都是有猜疑性的，而且無時不會放射出惡毒的言鋒來，刺著他人，他感到痛時，人們就會放出狡黠的笑聲來！其實呵，松針與鳥的朋友們，會知道的……自然……」她本來就想催我早走，但我正在草地上徘徊著，於是她又說了。

「不要再提自然的話來，我知道自然只是藏在鳥翼裡罷了！我們在這等冷酷與權威布滿的人間，快不要再拿這兩個字來欺騙自己了。上月裡，我看見一本小說雜誌中，有人作的一個短篇說：『光明不能增益你什麼，黑暗不能妨害你什麼，你以何因緣而生出差別心來？』嗳！這人也太過於有平等觀了。我不向世人生差別心，人家偏向我生差別心；而且過度生出猜疑與侮辱的差別心來。世界本沒有光明的，而黑暗卻到處都是，不久了，太陽落了下去，夜之黑暗，便開始張開它的威權來。也像我們生命的行程一樣。這樣沒曾有同情的世界，哦！人們的差別心太多了！且太狠了！……我們在荒野中啼泣，向那裡去找到自然……我的一切你是都知道的……說什麼呢！……」

我覺得如燙人的熱淚，已在我眼瞼裡流轉了，我覺周身的熱力之大，仿佛恨不得快將這個世界來焚化了一般。我便興奮地大聲答她：

「怯怕的什麼！不埋向墳墓中去的時候，總有自由活躍的勇力，管它呢，人間的差別過重，自然是永永隱藏起，但終須向永遠中用青春之力活躍去！……」

這時我說話，竟也不像平時了。一個過分的感動，使我再不能忍得住。忽然由樹後跳出一個人影來，笑著喊道：

「好啊，好啊！你們竟會在這裡說閒話呢。」

我一看，才知是她的最好的女友密司林呢。她遊戲般地說了這句話，便過去拉了她的手道：「罷罷！好孩子，走呵！我同你去覓得自然去！……」

衣裙飄動著，她們走了。松針在靜地裡，刷刷地仿佛與小鳥們正自微語。

一九二二年六月五日。

湖畔兒語

因為我家城裡那個向來很著名的湖上，滿生了蘆葦和滿浮了無數的大船，分外顯得逼仄、湫隘、喧嚷，所以我也不很高興常去遊逛。有時幾個友人約著蕩槳湖中，每每到了晚上，各種雜亂的聲音一齊並作，鑼鼓聲、尖利的胡琴聲、不很好聽的唱聲、男人的居心喊鬧與粉面光頭的女人調笑，更夾雜上小舟賣物的叫聲，幾乎把靜靜的湖水掀起了「大波」。因此，我去逛湖的時候，只有收視反聽地去尋思些自己的事。有時在夕陽明滅、返映著湖水的時候，我卻常常一個人跑到湖邊僻靜處去乘涼。一邊散步，一邊聽著青蛙在草中奏著雨後之歌，看看小鳥啁啾著向柳枝上飛跳，還覺有些興致。每在此時，一方引動我對於自然景物的鑒賞，一方卻激發起無限的悠渺尋思。

一抹紺色間以青紫色的霞光，返映著湖堤上雨後的碧柳。某某祠廟的東邊，有個小小荷蕩，這處的荷葉最大不過，高得幾乎比人還高。葉下的潔白如玉雕的荷花，到過午後，慢慢地將花朵閉起。偶然一兩隻蜜蜂飛來飛去，還留戀著花香的氣味，不肯即行歸去。紅霞照在湛綠的水上，散為金光，而紅霞中快下沉的日光，也幻成異樣的色彩。一層層的光與色，相蕩相薄，閃閃爍爍地都映現在我的眼底。我因昨天一連落了六七個小時的急雨，今日天還晴朗，便獨自順步到湖西岸來，看一看雨後的湖邊景色。斜鋪的石道上滿生了莓苔，我穿的皮鞋踏在上面，顯出分明的印痕。

這時湖中正人聲亂嚷，且是爭吵得厲害。我便慢慢地踱著，向石道的那邊走去。疏疏的柳枝與顫顫的蘆葦旁的初開的蓼花，隨著西風在水濱搖舞。這裡可說是全湖上最冷靜幽僻的地方，除了偶爾遇到一二個行人之外，只有噪晚的小鳥在樹上叫著。亂草中時有格格的蛙聲與它們作伴。

我在這片時中覺得心上比較平時恬靜好些。但對於這轉眼即去的光景，卻也不覺得有什麼深重的留戀。因為一時的清幽光景的感受，卻記起「夕陽黃昏」的舊話，所以對留戀的思想也有點怕去思索了。

低頭凝思著，疲重腳步也懶得時時舉起。天上紺色與青紫色的霞光，也越散越淡了。而太陽的光已大半沉在返映的水裡。我雖知時候漸漸晚了，卻又不願即行回家，遂即揀了一塊湖邊的白石，坐在上面。聽著新秋噪晚的殘蟬，便覺得在黃昏迷蒙的湖上漸有秋意了。一個人坐在幾株柳樹之下，看見漸遠漸淡的黃昏微光，以及從遠處映過來的幾星燈火。天氣並不十分煩熱，到了晚上，覺得有些嫩涼的感觸。同時也似乎因此涼意，給了我一些蒼蒼茫茫的沒有著落的興感。

我正自無意地想著，忽然聽得柳樹後面有擦擦的聲音。在靜默中，我聽了彷彿有點疑懼！過了一會，又聽得有個輕動的腳步聲，在後面的葦塘裡亂走。我便跳起來繞過柳樹，走到後面的葦塘邊下。那時模模糊糊地已不能看得清楚。但在葦芽旁邊的泥堆上卻有個小小的人影，我便叫了一聲道：「你是誰？」

不料那個黑影卻不答我。

本來這個地方是很僻靜的，每當晚上，更沒人在這裡停留。況且黑暗的空間越來越大，柳葉與葦葉還時時搖擦著作出微響。於是我覺得有點恐怖了。便接著又將「你是誰」三個字喊了一遍。正在我還沒有回過身來的時候，泥堆上小小的黑影，卻用細咽無力的聲音，給我一個答語是：

「我是小順……在這裡釣……魚。」

他後一個字，已經咽了下去，且是有點顫抖。我聽這個聲音，便斷定是個十二歲男孩子的聲音，但我分外疑惑了！便問他道：「天已經黑了下來，水裡的魚還能釣嗎？還看得見嗎？」那小小的黑影又不答我。

「你在什麼地方住？」

「在順門街馬頭巷裡。……」由他這一句話使我聽了這個弱小口音仿佛在哪裡聽過的。便趕近一步道：「你從前就在馬頭巷住嗎？」

「不，」那個小男孩迅速地說，「我以前住在晏平街。……」

我於是突然把陳事記起，「哦！你不是陳家的小孩子……你爸爸不是鐵匠陳舉嗎？」

小孩子這時已把竹竿從水中拖起，赤了腳跑下泥堆來道：「是……爸爸是做鐵匠的，你是誰？」

我靠近看那個小孩子的面貌，尚可約略分清。哪裡是像五六歲時候的可愛的小順呀！滿臉上烏黑，不知是泥還是煤煙。穿了一件藍布小衫，下邊露了多半部的腿，身上發出一陣泥土與汗濕的氣味。他見我叫出他的名字，便呆呆地看著我。他的確不知道我是誰，的確他是不記得了。我回想小順四五歲的時候，那時我還非常的好戲弄小孩子。每從他家門首走過，看見他同他母親坐在那棵古幹濃蔭的大槐樹的底下，他每每在母親的懷中唱小公雞的兒歌與我聽。現在已經有六年多了，我也時常不在家中。但是後來聽見家中人說，前街上的小順遷居走了。這也不過是聽自傳說，並不知道是遷到什麼地方去了。我每經過前街的時候，看看小順的門首另換了人名的貼紙，我便覺得悵然，仿佛失掉了一件常常作我的伴的東西！在這日黃昏的冷清清的湖畔，忽然遇到他，怎不使我驚疑！尤其可怪的，怎麼先時那個紅頰白手的小順，如今竟然同街頭的小叫化子差不多了？他父親是個安分的鐵匠，也還可以照顧得起小孩子。哦！

我即刻將他領到我坐的白石上面，與他作詳細的問答。

我就先告訴他：他幾歲時我怎樣常常見他，並且常引逗他喊笑。但他卻懵然了。過後我便同他一問一答地談起來。

「你的爸爸現在在哪裡？」

「算在家裡。……」小順遲疑地答我。我從他呆呆目光中，看得出他對於我這老朋友有點奇怪。

「你爸爸還給人家作活嗎？」

「什麼？……他每天只是不在家，卻也沒有一次……帶回錢來……作活……嗎？……不知道。」

「你媽呢？」

「死了！」小順簡單而急迅地說。

我驟然為之一驚！這也是必然的，因為小順的母親是個瘦弱矮小的婦人，據以前我聽見人家說過她嫁了十三年，生過七個小孩子，到末後卻只剩小順一個。然而想不到時間送人卻這樣的快！

「現在呢，家中還有誰？」

「還有媽，後來的。……」

「哦！你家現在比從前窮了嗎？看你的……」

小順果然是個自小就很聰明的孩子，他見我不客氣地問起他家「窮」來，便呆呆地看著遠處迷漫中的煙水。一會兒低下頭去，半晌才低聲說道：

「常是沒有飯吃呢！我爸爸也常常不在家裡。……」

「他到哪裡去？」

「我不知道……可是每天早飯後才來家一次。……聽說在煙館裡給人家伺候……不知道在哪裡。」

說這幾句話時，他是低聲遲緩地對我說。我對於他家現在的情形，便多分明瞭了。一時的好問，便逼我更進一步向他繼續問道：

「你……現在的媽多少年紀？還好呵？」

「聽人家說我媽不過三十呢。她娘家是東門裡的牛家。……」他說到這裡，臉上仿佛有點疑惑與不安的神氣。我又問道：

「你媽還打你嗎？」

「她嗎，沒有工夫。……」他決絕地答。

我以為他家現在的狀況，一個年輕的婦女支持他們全家的生計，自然沒得有好多的工夫。

「那麼她作什麼活計呢？……」

「活計？……沒有的，不過每天下午便忙了起來。所以也不准我在家裡。……每天在晚上，這個葦塘邊，我只在這裡；……在這裡！……」

「什麼？……」

小順也會摹仿成人的態度，由他小小的鼻孔中，哼了一聲道：「我家裡常常是有客人去的！有時每晚上總有兩三個人，有時冷清清地一個也不上門。……」

我聽了這個話，有點驚顫……他卻不斷地向我道：

「……我媽還可以有錢做飯吃。……他們來的時候，媽便把我喊出來，不到半夜，是不叫我回去的。我爸爸他是知道的，他夜裡是再不回來的。……」

我聽到這裡，已經明白了小順是在一個什麼環境裡了。仿佛有一篇小說中的事實告訴我：一個黃而瘦弱、目眶下陷、蓬著頭髮的小孩子，每天只是赤著腳，在葦塘裡遊逛。忍著饑餓，去聽鳥朋友與水邊蛙朋友的言語。時而去聽聽葦中的風聲——這自然的音樂。但是父親是個伺候偷吸鴉片的小夥役。母親呢，且是後母；是為了生活，去做最苦不過的出賣肉體的事。待到夜靜人稀的時候，唯有星光送他回家。明日呵，又是同樣的一天！這仿佛是從小說中告訴我的一般。我真不相信，我幼時常常見面的玉雪可愛的小順，竟會到這般田地？末後，我又問他一句：「天天晚上，在你家出入的是些什麼樣的人？」

小順道：「我也不能常看見他們，有時也可以看一眼。他們，有的是穿了灰色短衣，歪戴了軍帽的；有些身上盡是些煤油氣，身上都帶有粗的銀鏈子的；還有幾個是穿長衫的呢，每晚常有三個和四個……可是有時一個也不上門。」

「那為什麼呢？」

我覺得這種逼迫的問法，太對不起這個小孩子了。但又不能不問他。

小順笑著向我說道：「你怎麼不知道呢？在馬頭巷那幾條小道上，每家人家，每天晚上都有人去的！……」他接著又笑了。仿佛笑我一個讀書人，卻這樣的少見少聞一般。

我覺得沒有什麼再問他了，而且也不忍再教這個天真爛漫的孩子，多告訴這種悲慘的歷史。他這時也像正在尋思什麼一般，望著黃昏淡霧下的星光出神。我想：果使小順的親媽在日怕還不至如此，然而以一個婦女過這樣的生活，他的現在的媽，自然也是天天在地獄中度生活的！

家庭呵！家庭的組織與時代的迫逼呀，社會生計的壓榨呀！我本來趁這場雨後為消閒到湖邊逛逛的，如今許多煩擾複雜的問題又在胸中打起圈子來。

試想一個忍著饑苦的小孩子，在黃昏後獨自跑到葦塘邊來，消磨大半夜。又試想到他的母親，因為支持全家的生活，而受最大且長久的侮辱，這樣非人的生活！現代社會組織下貧民的無可如何的死路！我想到這，一重重的疑悶、煩激，再坐不住，而方才湖上晚景給我的鮮明清幽的印象，早隨黑暗沉落在湖的深處。

我知道小順不敢在這個時候回家去，但我又不忍遺棄這個孤無伴侶的小孩子，在夜中的湖岸上獨看星光。因此使我感到悲哀更加上一份躊躇。我只索同他坐在柳樹下面。待要再問他，實在覺得有點不忍。同時，我靜靜地想到每一個環境中造就的兒童……使我對著眼前的小順以及其他在小順的地位上的兒童為之顫慄！

正在這個無可如何的時候，突有一個急速的聲音由對面傳來。原來是喊的「小順……在哪……裡呵？」幾個字，我不覺得愕然地站起來。小順也嚇得把手中沒放下的竹竿投在水裡，由一邊的小徑上跑過去。我在迷惘中不曉得什麼事突然發生。這時由葦叢對面跑過來的一個中年人的黑影，拉了小順就走。一邊走著，一邊說道：「你爸爸今天晚上在煙館子被……巡警抓了……進去，你家裡……伍大爺正在那裡，誰敢去得？……小孩子！……西鄰家李伯伯，叫我把你喊去。……」他們的黑影，隨了夜中的濃霧，漸走漸遠。而那位中年男子說話的聲音也聽不分明了。

我一步步地踱回家來。在濃密的夜霧中，行人少了。我只覺得胸頭沉沉的，彷彿這天晚上的氣壓度數分外低。一路上引導我的星光，也十分暗淡，不如平常明亮。

一九二二年八月。

紀夢

雖是初秋的節候，然在北方已經是穿夾衣的天氣了。早晚分外清冷，獨有午後的陽光，溫煦、柔暖，使人仍有疲倦困乏的感覺。P.P. 女子中學的一個教室內，這時正是可愛的陽光布施它的魔力的機會。學生們在上午從太陽未出前，忙到吃過中飯後，梳洗、穿衣、鉛筆、書包、道中的飛塵、校門口的喧嚷、鈴聲、異樣的教員口音、讚賞與斥責、各種樣式的玩意、外國文的拼字記憶、吃飯、盥洗，半天來沒有一刻安閒，熱鬧的時候過了，弱小的胃量充滿之後，便有倦意的來襲。況且國文教員兩點鐘方到校上課，早呢，還沒有到一點半。微有暖意的秋風將明熱的陽光送進玻璃窗內，一陣不易打退的倦意即時佔有了這所寬五英尺、長十二英尺的教室。書本縱橫地拋在案上，胡亂寫的字紙壓在各種色彩的袖口下面，她們的垂髮也都安靜地不動，任其在寂靜的空氣中從容地散布夜來枕畔的氣味。有幾個還在勉強地溫習文章，然而小聲低誦著「世中遙望空雲山」的句子時，也覺得模模糊糊地仿佛有許多雲霧在眼前出現。

「玉清姐，哼！……我沒有氣力了，好歹讓我在你身上躺一會兒吧……一會兒吧！」一個紮著紫色夾有銀線辮把的，將身子斜倚在她的同學的左臂上，裝著小孩子樣兒這樣說。

她的同學——玉清，素來就好頑皮，這時呢，也正自覺得兩目有些發癢，懶懶地不抬起頭來。恰巧有個人來倚在自己身上，便趁勢用左臂把那一個的脖頸攬住，自己的上半段身子也向左俯了下去，腮頰貼住她的額髮，眯縫著沉沉的眼瞼道：「好孩子！來，睡到我懷中來吧。」

她們在懶靜中驟聽得玉清這句話，不約而同地縱聲笑了起來。有的將首枕在臂上，有的拍著手兒向著空中，都笑得掩不住口。在玉清前面正在玩弄著缺襟半臂的珠扣的女孩子，這時卻回過臉來笑道：「呸！真不害臊，多大呀，就想做小母親呢！」沒說完，她自己也笑得伏在案上了。

於是一陣喧笑聲，變為帶有快樂而玩笑的語聲，「小母親」「小母親」的摹仿口音哄滿了全室。更有幾個要居心看熱鬧的學生，立在講臺上說：

「玉清……你兩個還不起來同小琭算帳，她真會說俏皮話兒。……」

「得啦，要叫我……一定隔肢得她要死。……」又一個帶有挑戰的意味輕蔑地說。

果然這兩句話激起了玉清同她的伴侶的報復思想，便一同起來，一邊一個，把剛才說「小母親」的小瑑拉著，四隻纖柔的手指便向她的脅下亂插。小瑑原來笑得已沒有氣力，如何禁得住這兩個報復者的擺布。她一面護著頭後的雙鬟，一面用右手亂攔，口裡儘管說告饒的話。玉清哪裡饒得過她，連喘帶笑地說：「好呵，當面挖苦了人，過後只會說幾句輕巧話兒！……有那麼便宜的事麼？」說著仍然不曾住手。小瑑呢，實在無力抵抗了，便高呼著：「好吧！連姐姐，韋如，你們難道看見我被人欺負不說句公道話麼？……我還和你們好啦！」這句話的結果，是從後座上過來了兩位身穿著絳紫色的衣裙的、差不多的模樣兒的姊妹，來給她們調解。

幾分鐘後，全課室內的空氣變了，笑的、說的、埋怨的、交手的……把方才的倦意都打消了。不多時這場不意之戰也結束了，室中充滿了暖意，只餘下大家互相嘲笑指責的語聲。她們都如春日園林中的小鳥，一切都是隨意的，自然的，沒有拘束也沒有恐怖。然而在這一群少女中，獨有坐在南牆側第三排案子上的一個，仿佛獨處於歡樂、譏笑之外，側著面部，向著淡綠色的牆紙發呆。自然同教室的人不大答理她；而在她看來，這些玩意也沒曾在心中留下一點快樂的種子。她穿得很淡樸，淺藍色的竹布褂上沒有好的緣飾，連紐扣也是用布結成的。鬆鬆地梳了一條辮子垂在細弱的頸後，連個珠花夾子也沒有戴；不過在髮根的一邊，用個白色骨質作成的小梳斜攏著散髮。她的髮細而長，但並不十分油黑。她的額髮也沒用火剪燙過，很自然地罩住了左右額角。她面色是潔白的，而看去卻像帶有病色，因為她並不像其他的女孩子有紅潤的腮頰。她的鼻骨很平，一雙彎彎明麗的眼睛，愈顯得她的穎秀精神。她寡於言語，又似是懶於言語。她每天來到教室，安閒從容，絕不似他人的忙亂，有時連上四班的功課，她可以一次也不離開座位。可是她的功課卻不見得答得完全。有時教員問她，答得極清晰，有時卻茫然地答非所問。教員的告誡，同學們嗤嗤的暗笑聲，她不曾煩惱也不報復。她終日這樣，所以別的女孩子自然不大肯同她說話。大家都暗笑她，有時卻又帶點猜忌的意思，背地裡批評她。大家共同送了她一個諢名字，叫做「活啞巴」，左不過背後拿這三個字做她的代名罷了。在教室中、操場中還沒有人好意思這樣叫她。在這一群歡樂的女孩子中她是孤寂的、落寞的，如同從遠處跑來的一個陌生人。人家不大理會她，她也從不多事。平常多是默默地坐著，緩緩地行著，呆呆地側看著綠色的牆壁。

照例，每逢教員在講臺上的時候，提起霍君素這名字，她便立了起來，然而從不向教員直望，或匆迫地向四周的同學笑看。她都是低著頭撥弄一支絳色的帶有白銅帽的鉛筆，回答教員所問的問題。這支鉛筆似乎是她朝夕親近的伴兒，因為她到P.P.女子中學來三年了，也曾用過幾種鉛筆，獨有這支鉛筆無論上課、下課、書包、懷內一直陪伴著她，而她卻輕易不肯用它。這點小故事，同學知道得不少；不過大家都說她有幾分呆氣罷了，卻說不出她為什麼不用這支鉛筆，而又時刻不離的道理。好在同學們的課業、遊戲，整天忙得不可開交，又有誰來理會這樣小事。

在喧笑譏誚的聲中，壁上掛的時鐘敲過兩下，突然室內靜了一靜，女孩子們有的出去，有的打開本子重新用功，而君素仍然呆望著綠色糊的牆壁。

十分鐘過了，戴著近視眼鏡的黃教員，從對面的休息室中走來，便有幾個好說話的學生嚷著「黃先生來了，黃先生來了」，說時現出期待的神氣。及至黃先生推開紅漆的玻璃門進來後，學生還有忙著找座位的，打書包的。黃先生微笑著從一邊走上了講臺左邊，把一包書往桌上一擱，先說道：

「我前二十分鐘便到了，聽得你們笑得厲害，為什麼？……我也好跟你們歡喜，你們說得出為什麼？」黃先生的質問，像是要從她們口中探點什麼祕密一樣。於是一時沉靜的室內又起了一陣笑聲。有些性情活潑些的女孩子，想起了剛才大家鬧的笑話，笑得不敢抬頭。有幾個莊重點的，本想板著面孔把書本鋪得正正的，無奈別人的笑臉、彎曲的眼角、顫動的額發，老是向著自己作「笑呵……笑呵」的誘惑，就不自禁的口邊的曲線聚成彎形，眉痕也向髮際擴張了。黃先生莫名其妙也隨同大家笑了起來。

笑了一會，她們究竟敵不住黃先生的考問，便有個嘴快的學生，彎著腰站起來，指手劃腳地把「小母親」問題一五一十地說出。黃先生不由得不滿臉好笑，末後，只好說一句「你們真淘氣」的話，各個坐椅上還是遏不住笑聲。

時鐘已指在二點二十分了，黃先生一手執著書本，一手拿著半段粉筆，時時向黑板上寫畫，如細雪似的粉末，沾了一身。一會兒將一段書講完之後，他便命大家把紙本、毛筆取出，說在這半點鐘連續著下一點須要作文。他說完，便用板擦將黑板上的粉字擦去，很鄭重地在黑板正中寫了兩個大字「紀夢」。他剛剛寫出，下面向黑板出神的女學生們不禁都微笑了。因為這兩個字的確是有趣味的，裡面當然包含著些豐富的聯想與連綿的回憶。且此二字即教員不加解釋，也是能以引起她們的注意的。她們正如方在學飛的雛燕、方從山谷中流出的活泉，活躍舞動的生命正在翱翔於雲表，自由自在地醞釀著、尋求著，希望著許多許多的好夢。所以，她們見這樣的一個題目，使她們心理上起了好大變化：記憶的、想像的、過去的、未來的、悲喜憂樂交織成一片心網。不但出題的教員不知，她們自己也把捉不到。然而最微細、最柔膩、最深幽的情緒的幻境，都一一地被這兩個有魔力似的字喚起了。

黃先生自然自己也很感興味，把夢與人生有何關係、夢究竟是怎麼作成的理論話，向學生略略解釋。但這並不在她們心上，她們雖是側耳靜聽，從她們的眼光上就可看出她們只在尋味夢境的經過。類如什麼心理、生理、意識、生活這些抽象的話，她們哪裡有閒心思再去領會。黃先生又將各人的夢如何紀法，文字的修飾如何等等告訴過了，便向她們前後左右地注視了一會，看見學生們都將十分鐘前的嬉笑態度改換，雖還有一二人面上微笑，然而這是記起夢境後的愉快的表情，比起前時為笑話引來的大笑不一樣。

黃先生趁這個時候便向牆角上伸了個懶腰，在這一群女孩子凝神構思的當兒，他可把一日的辛勞暫為休息一下。他坐在講臺左側，向那些作文的學生們細細看她們的姿態，與作文的用思。黃先生他向來是好在無意中觀察人家的動作的，況且這次他出的作文題目，知道與這些女孩子的心理的表現上很有關係，於是觀察的習慣便使他注意她們的動作：托著腮頰的手形，低頭蘸墨時緩緩的舉動，並不是發癢而故意地用小牙梳爬著頂心的濃髮或者摺弄著內袖口的花邊。至於面部的表情，雖有沉鬱、愉快的不同，然而都是莊重地、沉思地在那裡追想尋求。黃先生注視她們加以比較，但在心中卻想何苦出這個趣味太深的題目，令她們從回念中感到苦惱。夢境果然是悲苦的自不必說，即使是歡樂的，其實是一夢呢，她們十八九歲的人，難道還不會尋味出這是空空的歡喜！教她們作文完了，何苦以好奇的心思試驗她們，老實說可不有點罪過！……他正在與學生同時構思的時候，忽然，把目光從左而右落到第三排案上那個名叫君素的女生身上。因為她在這時的樣子，很易惹起教員的注意。她自見出題之後，望了望黑板上的大字，仍然將臉左向，側望著綠色的牆壁。先生如何解釋題目，她是一個字也沒聽清的。及至她的同學們都在執筆構思的當兒，她又回頭望了那「紀夢」兩個字，便伏在案子上不動了。墨水匣兒沒有開，毛筆還是安閒地放在一邊，她的肩背卻時時聳動。

黃先生在此教書一年多了，對於學生的個性知道得很詳細。他明瞭霍君素是個特別的女生，她的文字、性情、舉止，有時與她那些活潑的同學們差得太多，並且她除了功課之外，連在教員前也不肯多說一個字。平常已惹起黃先生的疑心，所以他曾向教務處問過她的履歷，只知她住在北長街一條胡同內，有母親、父親在外省審判廳內辦事，是十八歲，除此之外，便一無所知了。又見她的同學們背後議論她，就時常禁止，而自己可也究竟猜不透君素是個什麼樣環境的女學生。

這時他突然看見她伏在案上，額前鬆垂下的頭髮時時顫動，仿佛是在哭泣的樣子。他注視她，卻也時時看看別個學生，有的尚在那裡尋思，有的卻已鋪下紙本寫了出來。黃先生疑訝地、無聊地在講臺上正踱來踱去，一會兒坐下，從大衣中取出一個袖珍本子的洋文書來，但他的目光總不期而然地向霍君素的座位射去。這時學生們也看得出君素伏在案上的狀態異常，有幾個回頭看著她，又望望黃先生，便重復在紙上簌簌地寫起字來。

距離應該交文的鐘點不過還有十數分鐘了，黃先生看看別的學生，有的已將文字交來，有的也快寫完，獨有那個奇怪的霍君素仍舊伏在案上不動。作完文字的學生們，都在座位上唧唧喳喳地小聲議論她。黃先生再不能忍了，便走到她的身旁問她，同時又教兩個學生好好把她叫起，問她可是身上生病不是？哪知總拉不起她來，她只是小聲嗚咽地哭。黃先生也沒有辦法，把各人的文字一齊收起，看看君素還抬不起頭來，便好好地和她說，教她把文字帶回去作。又吩咐兩個大幾歲的學生不要下課以後馬上走了，須好好地將她哄得不哭，送她回家去。

於是在下課鈴聲重復響起的時候，黃先生很不自在地夾了一包書籍、文字踅出課堂去了。

君素一個人沿了北河沿陰濕的土道上走著，女伴們都歡樂著回家去了。這麼長遠的街道，這麼淒淒的心境，又是在這夕陽沉山的時候！

北河沿的兩旁都是刺槐與柳樹，連日西風吹得起勁，一堆堆枯葉積在粘土地上，沒人掃除。不是夏日了，河水汙淤有種臭味。這髒爛的泥水與對面高樓矗立的某國使館的屋頂正相映照。君素雖是一步挨一步地走著，她並沒為這秋日的風景引動，她只是在那作她那夢中之夢的文章。

她低著頭，有時覺得向晚的尖風時時從單衣的袖口穿入，她看到手腕以上皮膚有點緊縮，她並不在意。她正在追憶她夢中畫圖的一片。

「你倒乖……吃飽了飯就抱起書本子來……哪件事不是我來瞎操心……就

是為你們拉縴，我在張太太家輸的錢還沒撈回本來，弄得我毛手毛腳的哪裡也去不成。都是你舅舅說的，要你念書！……天天打扮齊整，跟站門子的人一樣討小子們的歡喜……哼！你別忙，還有我呢！真是死氣擺裂（北平土語）地累我一個。……」梳著沒有平板的圓頂旗頭的老太太，提著旱煙袋坐在堂屋門檻上數說著。

堂屋門的東角上一個小白爐子，煤球燒得通紅。上面坐著鐵壺，蓋子時時作響。爐邊躺著一隻棕色懶貓，前左爪正在有意無意地撥弄著一個笤帚的帚苗；它又很狡獪地時時用黃色的眼睛斜瞪著低著頭、含了淚珠的她。

她頭還沒有梳好，兩個髻兒只挽上了一個，那一邊的頭髮還握在手內，因為聽見老太太的喊聲，便從房間中跑出來，呆呆地立著聽教訓。

她原是個舊家人家的女兒，她父親的世襲雲騎尉職早已失掉，薪俸沒了，又沒有資產。她自下生後便隨著父母過那幾乎討飯的生活。她父親要每天到茶館去吃茶，到朋友家去談天，手頭裡又沒有東西可以作生活的支持。一天天地挨下去，沒有方法了，每天吃茶的生活還是不能不過。就是這樣，結果只有出賣女兒——她是他們唯一的活動財產。

人家雖窮了，面子卻不能不講，究竟是世襲雲騎尉的家世，怎麼好將女兒賣給民國以來的闊人做姨太太、做婢女！

因為環境的威迫，後來她被父母當質押品般的一半借物質錢，一半是親戚寄養的辦法，便到這位陌生的老太太家中作養媳。

有一張契約，上面注明她的父母負有二十元債務——對這位老太太說的。那樣的閒言語在她聽來，已是常日飲食，只是有酸苦辛辣的味道，沒有什麼別的滋味。契約上的丈夫呢，是南橫街理髮店中的學徒，老太太每見他之後，就非常生氣地說「不長進的畜類……不是我養的」這類話，因此他輕易不回家來。

獨有老太太的兄弟——一位在茶館說評書的滑稽和祥的老人，卻在清早時來談談。他力勸老太太把這位未圓房的媳婦送到校裡讀書。他的主張是女子念好了書可以預備老太太的後事。本來她在家裡識得幾個字，名義上的舅舅就先請人教她一些功課，過了一年，以她努力的結果居然考得上 P.P. 的女子中學。

舅舅自然歡喜，她也是望外，而老太太每天怒罵聲卻也更多。

可憐的小動物，吃飽了主人的殘食，只有斜著黃色眼睛向帚柄上亂抓。它以為這是頂好的消遣；而老太太的思想也與此相仿，只要有消遣方法，哪顧到含著眼淚握著頭髮的別人！

她並沒有什麼特別的夢可紀。

一瞬的短時中，這篇尚未寫出的文字，已經在河沼旁的君素的腦子中打了幾個迴旋。這幅經過事實與想像合成的圖畫，雖深深嵌在她的心中，總難有抒寫出來的機會，而且她又哪裡有勇氣來寫；她想自己的苦夢，不知哪天才做得完，又如何寫得出。

但是她一眼看見河內的水流便不禁起了一個念頭。

眨眨眼第三個禮拜二又來了，P.P. 的學校庭前秋風吹得幾株刺槐墮葉的聲音，颼颼不斷。教室內仍然有天真爛漫的一群女孩子的聲浪。同一的鐘點到了，小琭圓瞪著眼睛還是同玉清鬥嘴。不一會黃先生也同樣地夾了書包從教員休息室中走來，態度很莊重，不似上次的和氣了。他坐下後，便一本本地發作文卷子，到了最末後的一本，黃先生便低頭重復看了一遍，輕輕地將木案拍了一下，著力地喊出「霍君素」三字。喊過兩次之後，學生們互相注視著微笑。黃先生抬起頭來向教室的四周看了一遍，只有霍君素的座位空著，小琭最愛說話，便道：「沒來，她兩天沒有到校中來了。」黃先生聽過這句話，詫異地立起來，輪著指頭算道：

「禮拜一、二、四，恰好她這篇……是教務處星期五送給我的，她不是那天在班上沒有作好，後來交代的麼？」

他一手握著這本文字，皺著眉頭，道：「怎麼好！怎麼好！」很惶急地向學生們說：

「你們看！看她……她這篇紀……夢！」說著，把卷子交與一個座位在前面的學生，便匆匆忙忙地出了教室，一面口裡喊著聽差道：

「李主任呢？……快請來……事情真麼？……出了岔子……紀夢的事！……」

一九二四年秋

海浴之後

記得在夏末的一天，過午的陽光射在海面與沙灘上映出奇麗光亮的色彩。海水浴場裡滿了洗浴的人，帶著紅色綠色的軟質浴帽的女人們格外有趣。她們在水中的姿勢，與出水後的身段，嬌柔的，軟活的，便使這原來荒涼的海灘添了多少的生動。觸目盡是精光的臂膊與大腿；突出的胸部與凹彎的細腰。女人們不論她是美是醜，黃種或白種，都一樣的惹人注意；更有小孩子的笑語，於是在這裡洗浴的，或看的人都似薰陶於忘我的狀態之中。

我同S與兩位C先生也在這精光的一群裡。我們在鹹水裡浸著，盤旋著，練習游泳的方法。兩位C先生是一對胖的兄弟，他們很持重；尤其是小C先生，雖則他有將近二百磅的體重與健強的筋肉，但他怕水，只立在海邊不讓偶來的海波超過了他的臍肚以上。

S是個少年的德國留學生，身體如我一樣的瘦，雖然他曾經細心研究過病理學與生理的解剖。他在水中的勇敢卻不錯，學過一個月的海水浴，居然能在水面上游過五六分鐘，但只是游，還不敢泅在水面以下。這天我們在海裡與不相識的男女們共同遊戲了半個鐘頭。我在那些小小的兒童中，忽然有一件偶然的事引起了我記得俄羅斯一篇有名小說《異邦》的感念。末後的疑問便是：「人類便是只知道這一點，並且千秋萬古教我們的兒童也實行這一點嗎？」

這中國海面上的中國兒童原來很少，彷彿中國人就是怕海的民族，所有的是些西洋與日本的孩子；而十歲以外的西洋女孩們更好玩水。她們活潑中的剛健，的確令人看著十分活潑。當我一個人離開同伴向東面海水較深處遊行時——因為我也不敢說泅水，只是游罷了。——一會又想從淺水處轉回來。在我前面三個外國人方自嘩笑著，扶弄，沖蕩著一個高大的西洋女人。我一面看他們的態度，一面想她一定是個妓女一類的女子。方在注視，忽然一個尖細的聲浪向我喊來：「Take it and come back to me！」我向身旁一看，流來一個如小西瓜大的花皮球，被層層的海波吹打到我的左手下面，隔了有五六米遠的淺水裡，正有四五個十五歲到十歲左右的西洋女孩子遠遠地招著手找我將皮球給她們送回。

我由她們的柔活的姿勢看來，不覺得便笑了，並且遠遠地回答著，便把球送到她們面前，並且談了下面的幾句話：

「給你們的球！快樂呀！小朋友們！你們是美國人還是英國人？」我用英語同她們談。

「Ah！We are neither English nor American. We are the ladies of France！」一個最大的體高如將近成人的女孩子用了她這樣不自然，與自尊的英語向我白瞪了一眼，這樣說。

我笑了笑，離開了她們，卻還聽得她在那裡用她的本國話說著：「狡猾的中國人！」這仿佛在詛怨了！小女孩子知道什麼！我不與她們計較，回到那三位同伴在岸上休息的沙堆邊，他們正躺在那裡休息。然而這近處多半是些中國的少年，還有幾個剪了髮的姑娘；一個細細的身材，姣白的皮膚，橫梳著愛司髻的姨太太式的少婦，緊跟著一個四十歲左右的男子。西一面是些黃髮高軀的歐美人，東邊是一群日本的婦孺——這顯然有些敵國的形勢。

這是所謂世界呢！我在想了。海水湯湯地流著，一層浪花翻滾上來，後面的層波便推擁著它往前急進，濺到沙上的濕痕，時時從我們的足下浸過去，而一群為皮色言語所隔離開的英雄們，正各自在用不同的聲音，談著歡欣的故事。

陽光漸漸從遠的海邊沉下去了。雖在夏日，風掠過海面也覺得微涼，況且有一身的鹹汁，更不好過！於是我們便一同跑回我們的白色板屋中去，輪流著到噴水機下去洗刷周身。因為只有兩個水機，又是當這天人多的時候，所以分外忙。我同S走進水機的木門時，正有兩個日本少女在那裡噴洗，我們只好等待著，人卻在我們後面又進來了。兩個極胖的俄婦，與一個面容凶惡的男子，直待那兩個少女從容抹洗過她們圓柔的紅色皮膚之後，方才赤足走去。這時S君同我便履行這挨次的權利了。我們一同立在青灰地上扭開了唧筒，那激涼的水花便從上面急雨似的飛下，冷得令人寒噤，然而全體卻十分爽快。那三個男女仿佛等待得心焦了，說著話卻努力地看著我們，不意的襲擊！我的肩頭陡被一隻肥手推了一下，有力的又似是忿然的推進。一個臉上肉似橫生的，胸前紅浴衣如同裝了兩個大的瓜兒一般的俄婦，向前警戒我，並且指著她的白色的鞋子。我笑了：「有它。」我指著水機；同時S君又用德國話向她說「在噴水機前穿白鞋子是頂上當的事」。她似乎不十分了解，還是大聲地爭論。那個高大的男子也向我們說些我們不懂的話，我們並不與他們再分辯什麼，便離開噴水機，三人忻然地走上去，鞋子沒有「問題」了，我們便為了這樁笑話，作了回時一路的談資。

「不打不成世界！」這是大C君在沙堤上發的感慨的話，但S君卻不以為然。

「打也沒有完！」他輕便地走著並且說：「種族也沒有問題，那不過是在表面上的荊針啊！其實金錢與利欲才真是支配了這些直立的動物。……」

「那我們也在內了？」大C君的兄弟——一個怯水者問。

「誰不是一樣？這關係不到什麼『性善』『性惡』的問題，總之，不自私便失去了人的自然！那些種族，那些憤怒與乞求……」

他們都還是青年，說著這些話，我正在分析著法國少女與俄國胖婦的心情，於是我們便在沿道的綠槐蔭下踏著平坦的瀝青道回去了。

然而我究竟愛法國小姑娘的剛強的活潑，而對於呶呶善怒的俄婦終是留下了一點憎惡的意念。

我們一同在兩個C君家裡——也就是我的姨母家中晚餐的時候，還有他們的兒童教習趙先生，很有興致地談起這些複雜問題，共同的題目便是外國人。

大C君是個善於栽花的園藝家；好作歪詩使人發笑，又能在大屋子裡口上吹打著舊舞臺上的樂具，做出《落馬湖》武花面的臺步，這是他特別的技能。他居心說來似是個親日論者，他說：

「無論如何，日本人不可輕視！將來了不得！他們自治的能力，競爭的手段，摹仿的漂亮，精悍剛毅的性格，連西洋人他們也瞧不起！——看：這地方的美國兵，能喝酒，能跳舞，在街上乜斜走著，仿佛腿過長了沒有支持力，時時得坐不文明的東方人力車。日本兵，什麼樣的都有，卻沒見有在街上酗酒的，胡鬧的……」大C君正在數說日本兵的紀律。

「但是，」趙先生含著舊翠嘴的旱煙杆，慢慢地說了，「上回打毀了本地的員警署，將那黃衣警士拖到他們的居留民團裡，是不是那些短小精悍的人們？」

「那……」大C君的論據有點動搖了，趙先生卻接著說：

「總之：那國人比起老俄來還好！也還不可憐！這不容易說：在兩個方面……」趙先生多年前是省立的高等學校畢業生，所以說起話來總有些邏輯的口氣。

「該死！」大C君不遲疑地在報復趙先生的話了。

S君道：「趙老師的話還持平，真的，這些穿起中國特有的灰色衣，拿起槍來射殺中國人的高鼻子；不但一般人恨惡他們，與他們同連棚的中國兵們何嘗不另眼看待！——然而他們也有些穿了高筒皮靴，跨著指揮刀，在驕橫的狀態下來籌盡殺滅你們的方法。不就每天彷彿受了鐵鷹勳章似的榮耀，挽著俄賣淫婦的光膀子到處出風頭。……」

「有的卻為吃飯呢！」趙先生顯然是個人道主義者，他又在解釋這人類罪惡的可諒點了。

「沒出息罷了！——我見多少鄉下人議論：中國兵是中國人，無論如何，還可體諒，即使打敗了仗，背了包裹逃走，也可躲一躲。獨有那些高鼻子的東西，一天不拿槍，中國人是饒不過他們的！……」S君述他聽來的民間輿論。

「這情形自然是有的。人民潛存的憤恨，對於外國人尤其利害。可是人類的衝突，多半是如此：一面是打自己的臉，一面又是太滑稽，是喜劇又是悲劇。他們知道什麼？被中國的軍人們驅使著，恭維，而同時引誘著，平時是火酒，牛肉，上陣便作先鋒了！……」趙先生悲憫的話。

大C君將一支聯珠香煙連吸了幾口：「尤其討厭的是俄國窯子！不如中國人的婀娜；不如日本的風流，那些母夜叉的樣兒到中國來露臉，與同他們的男子一樣！」這完全是不相干的題外言語。

S君大笑了。即時重將今天在噴水機下的肥胖俄婦的情形說了一遍，於是嚴重的討論，變為一齣喜劇的尾聲。

在夏夜的星月下，我沉思著走回家去。

他們的話我靜靜地聽著，在回路時的心中添了不少的思索。我也記起了一段故事。聽說這一省的南部人民，經過戰後，偶有走不及的俄兵，便被當地人民拿去用舊日的凌遲法處死，或用煤油燒死，這過於慘酷了，如同在小說中看到非洲土人的刑法。然而狂熱的憤怒，它的爆發的火花誰能遏止得住！在樹影深深，與星光皎皎的夏夜裡，記起來，覺得那真是人類不可說的活劇呢！

重復尋思著S與趙先生的話，如電閃似的，又記起以前所見的兩幅圖畫。

一個大都會的大學校門首，一群一群的學生如潮水似的往外擁流。正是十一月底的冬天，北風吹得人人都有些打戰，而輝煌的文化淵泉的大門首，正有個穿了破紅長布帔的俄國的貧婦在那裡伸手討幾個銅子。眼是那麼大，沒一點亮光，手上滿是凍瘃；薄薄的懷中，還有一個兩三歲的兒童。——他不生在大彼得的時代，又不生在革命一類人物的家中，他只好隨了命運蜷伏在他母親的懷中，聽著向異國中趾高氣揚的少年男女們討要一個銅子。然而她還是不住口的說Good man，她只會這樣的外國話，她也只能說這樣話了！——這是三年前目睹的圖畫。

為了鄉中的農民，不肯將大的黃牛牽去，兩個凶狠的俄兵瞪了眼睛，將柔懦的牛兒硬帶了去。農人們追趕著，喊著，不管他聽明白聽不明白，盡他們所有的力哀求，解說牛是他們唯一的牲畜，是耕地吃飯的護符。——然而這有什麼效力！再近前些，指揮刀在叱吒聲中揮下來，一個二十多歲光了脊背的少年農夫便算在青草地上先殉了牛葬，眾人喊一聲走散了。因為他們手裡只有希望，沒有刀槍。遲行的牛隨了兩個高大的影子走向他們的營壘中去，農人的死，只作為驟得暴病！——這是幾日前聽見確實的鄉間消息。

我想著，覺得這路很長！眼前有些模糊了，雖是星光似將明日的溫暖從空中先給人們散布出來——而我的海浴過的身體卻像受了風寒似的！

樹影深深中仿佛有法國少女的花皮球，與那肥胖的俄國婦人的有力的手在眼前與在肩上。

一九二七年十月二日。

小紅燈籠的夢

「還有半個鐘頭，來得及，趕快送去。……馬郎路XX坊，第X號。喂！這張條子上有，看看清楚，一百三十八……記明白了，一百三十八號。」──

老闆指著門外鋪道旁小手車上的木器，不耐心地把一張紙條塞進他手裡。

晚飯後，大街兩旁有不少來去的忙人，從這輛小手車旁經過，貪婪地看一眼，似乎那綠絨上面的玻璃能夠惹人注意。四方形，上好柚木的小桌子，做得確也玲瓏。圓桌腿上雕刻著簡單的圖案花，四面有暗鎖的小抽屜，漆色深紫，這真是一件上等木桌。擺在源生的門面前快半個年頭了，沒有買主。阿寶天天晚上打烊之後伏在上面學大字，現在它有了主人了，老闆很興頭地命他送去，他覺得在興奮之中微微有點悵惘！

接過那位女先生用鉛筆寫的地址，一行歪歪斜斜像自己一樣的字，旁邊，老闆用墨筆添上一行：收定洋二元，欠七元五角。阿寶看看，揣在青粗布小衫裡，仰頭望著老闆問：

「送去得要回七元五角？」

「不付錢你就交貨？呆子，還有——還有腳力呢。冒失小鬼。三角五分五的腳力，也交回來，忘了揍你！」

老闆是江北人，話音來得剛硬，平常說起話來總是喪氣。幸而這一晚上因為賣脫了一件難於出售的存貨，把他那副秦檜臉子換了。阿寶親手給老闆打了一斤老酒來，他嚼著乾炸大蝦全吃下去，是近來少有的事。阿寶記得當那位女先生付過定洋之後，對面，同行生意的李先生直瞪著眼向這邊看，隔壁那家卻清冷冷的一個主顧也沒有。

多問一句便受了老闆一陣呵斥，幸而懶洋洋的酒力把他的火氣消去。阿寶低著頭再不敢說什麼，將小鐵輪運貨車用力向前推動。一件桌子分量還不重，就只是兩條臂膊沒有勁，盡力往兩下裡硬撐，剛剛夠得到，肘骨上的筋彷彿被絞繩分扯著，震得一跳跳地痛。

正當街道上熱鬧的時候，一天工作結束了，白相的比白天多。在鋪子裡做活覺不出街道中的麻煩，偶然看看如螞蟻的男女來回走，電車，與刷上些怪顏色的公共汽車在街上穿梭，一陣鈴響，又一陣喧嚷，怪好玩的。晚上，從那些高屋頂上瞧得見閃閃爍爍如妖怪眼睛的「年紅燈」，眨著眼出窮象。阿寶，他跟李師兄學會了「年紅燈」這新鮮又有點兒興奮的新字眼。

他常常記起在鄉下過大年，家家門口總掛上一盞紅燈籠，用薄洋紅紙糊在鐵絲籠上，那淡淡的，也是搖搖不定的紅燭火焰卻在籠裡跳動。這小東西容易引起孩子們模糊的希望與天真的興趣。他出來做學徒已有兩年，曾經回鄉下過了個年節，也是李師兄把他從火車、小火車上帶回去的。不知為了什麼，在上海，他雖然天天晚上迎著半空中的「年紅燈」，因為懸得那麼高，閃得那麼快，自己又說不清那是怎麼弄成的，對它沒有一點留戀的感情。每每低了頭學著刷「泡裡許」或釘木板時，像有一盞兩盞的、輕輕颱動的小紅燈籠在眼前搖晃。黑沉沉的天，星星放出晶耀的光芒。吹冷的北風中，這家，那家，門前土牆上，有那些微映出淡紅色的小燈籠。……他想起來，便有一股不好過可帶著盼望的心情。回想擴大開去，又記起媽媽與紅眼姊姊燒年夜飯，鄰舍家有人從鎮上買來芝麻秸撒在小院子裡，大家踏上去，聽到輕快的響聲。

同自己彷彿大的孩子們，偷偷地跑出家門，向村前村後找燈籠看。幸而大人也忙，來來回回地在巷子口跑，不管孩子的事。阿寶在這樣情形下，也覺得分外嚴肅。大年夜裡，雖然是黃昏後，他與別的孩子們都不像平常日子那麼叫著、跳著地亂鬧。一切的鬼神，這一夜裡全會到地上來走一趟？誰家都有祖宗牌，那些陰魂總充滿了地面？這是他從幾歲起聽媽媽講過的，每個孩子有這同樣的記憶。不用約會，他們在昏黑中出來找小紅燈籠，都輕輕地放著腳步向前去，有點兒怕，卻不厲害。一股嚴肅氣壓住了荒野、樹林、墳地與每一家的房屋，也罩住阿寶與別的孩子們滿浮著希望的童心。

一隻狗在牆角汪汪叫過兩聲，大槐樹的幹枝子在頭上刷刷地響。他們互相挨緊，手拉著手，不敢作聲，如小偷似的慢慢向前躦。小鄉村裡不過百十戶人家，其實在山前坡上，許多人家的紅燈籠早就可以瞧得見，但他們一定要爬上去又摸下去，排門去找。近前看，有的剛糊好的薄紅紙已燒了兩個窟窿，有的是一滴滴的蠟淚往下流，冰凍地上堆了點點紅痕。阿寶隨了同夥跑，嚴肅的恐怖敵不過熱望的尋求。不管回家後大人怎麼吵，他們在這晚上總要把任何一家的小紅燈籠看完，要把數目記清。

但這是幾年前的事了。前年——阿寶十二歲時，隨了李師兄好容易到鄉下看見過一次大年夜的小紅燈籠。他不好意思再約著小夥伴去排門看燈，媽，還有東鄰的巫婆貢大娘，都說：要在家中好好守歲，說點上海光景給她們聽。「你是出門的孩子了，再過三個年頭快要出師，還同他們玩，仔細要笑話你。」其實，沒有這樣的囑咐，阿寶的心事也不像從前那麼單純了。雖然回想起大年夜裡爬嶺，下山，排門看小紅燈籠那種滋味有點口饞。但是這一次回來，眼看著有些自己不明白的變化。還有在上海，在西天的路上見到的事，使得常燒在心中的小紅燈籠——那微弱的光愈來愈淡。真的，他只是在吹去牆頭茅草的門口站了不大一會工夫……不過兩年，高高下下的小紅點滅去不少，自己的門口很清靜，沒有以前那麼多的孩子挨來看燈。

聽媽媽說：這一百多家的人家搬走了十來家，有的雖沒搬走，但更是窮苦，因此，大年夜裡的小紅燈也愈來愈少。

因為說起年燈，他明白了好多事。在鄉下的愁苦光景充滿了他的心，越發把前幾年同小夥伴們挨門看燈的意思打消了。

及至再回上海，每晚上只要看見空中的「年紅燈」，他反而又憧憬著鄉下大年夜偷出去挨門看小紅燈籠的趣味，自己卻說不清為了什麼緣故。

阿寶一面硬撐開瘦弱的膀臂推起小鐵車，一面又得用眼睛四下裡搜索著，唯恐碰了行人的衣服，或者自己做了飛輪下的冤鬼。開始走的是條不很寬廣而最鬧忙的街道，兩旁幾乎被店鋪的軟招牌與減價廣告全遮住了。無線電機老早啞著鐵嗓子叫，又混亂，又聽不清的歌唱與演說，他不懂，為什麼在這麼吵鬧的街上還要加上這無道理的怪音？也知道為的招引主顧，可是怪聲音太多了，從樓上與靠道的門前一齊吵，仿佛作怪音的競賽，哪個走路的會因此住下來呢？

轉入這麼音聲複雜與許多車輛的馬路，他看不見那些空中的「年紅燈」了。眼前是小心向前走的路，路上有的是如平鋪了鋼刀背的明軌；有數不清的皮鞋；白色黃色的高跟鞋，軟軟的青緞與粗布鞋，還有草鞋與光腳板，在凌亂髒黑的道中流動。阿寶向地上溜一眼，不斷的鞋子確像水樣的急流，隔幾步，一塊報紙，一口稠痰，被那條「鞋流」沖去。

要等待十字路口的燈光的旋轉，要等待巡捕的哨子叫，要留心讓種種顏色的車輛走過去。阿寶累出了一身汗，把小鐵車才推出公共租界。到了那些較為清靜的路上，這裡，他不很熟，兩年中來過三回，馬路名字一點沒有道理，記一回幾天又忘了。幸而衣袋裡有老闆交付的那張發票，走不遠得問問路角上的巡捕。巡捕討厭這樣累贅車子，話不等說完，惡狠狠地催他快走，不要在路上停擱。他像是摸著路向前奔，氣喘不開，找不到哪個地方能夠休息一下。

記不清楚是什麼路了，在那裡有一幢幢好看的樓房，不像源生木器店所在那樣密密排起來的木門。春末晚風吹著樹葉子輕輕響動，沒有一串箭般的車輛，很清靜。偶然飄過一輛塗著銀色或金色的汽車，在路上是那麼輕又那麼快，真像一隻海上的小燕。阿寶的家鄉靠近海汊，從小時候就常常看見燕子在深藍色的大海上自由自在的飛翔姿勢，似乎從雲中飄下來，一點不吃力，也不忙。……現在，他偶然見到這樣幽靜馬路上的汽車，聯想又在他的記憶中活躍起來。

樹木與模糊的影子在家鄉中不曾引起他的感動。但是自從到了源生店以來，那條亂雜的街道上除了人、車子，便是兩旁的亂器具與小弄堂中的雜貨攤。從初春到秋後見不到一片樹葉，只有從玻璃窗外看見大木器行中在光亮的桌子上、花臺上，擺兩瓶時新的花朵，但也很少有，源生店中便沒有過。連暗影也找不到，上了板子門後，電燈熄了，真是黑得像漆洞。……然而難得的機會，阿寶這一晚上全見到了，從馬路旁大燈底下能看得清那些牆上蔓生的植物，鮮嫩的深綠色。從大鐵門外看，有草地的院子裡，淨碧得像澆上一層油彩，也有些地方是一片片暗影。花簾的窗裡投射出輕鬆的笑語與鋼琴的彈奏，阿寶不必提防衝撞著行人、車輛，他聽著，看著，臂力弛散了好多，臉上汗也出得少了，慢慢地走藉以恢復疲勞。從樹木旁邊盡力向上瞧，星裡的光卻看不清，像是空中織成了一個霧網，把那些自然放著光亮的東西收了起來。

說不出被一種什麼心情引動著，身體上的重量鬆下來，精神也不像在那些鬧忙的大道上那樣緊張。在陰鬱的樹下，阿寶不禁低下頭。滿臉灰汗幾乎擦著小車上襯了絲絨的玻璃桌面。車輪旁沒了那麼多的「鞋流」，暗閃著柏油黝光的地面，被小鐵輪緩緩地碾過，有一條看不清的線痕，向前去……向前去……他不知這一條陰鬱孤獨的路要什麼時候走完！

高腳跟點在水門汀砌花磚的行人道上，咯登，咯登，像奏著走路藝術的曲調。使他噁心的激烈香氣撲過，一張粉臉從路旁的門中突出來。她穿的是淡藍色長衣，長衣下那雙銀色的鞋子分外明亮，一步步有節奏地踏在這堅實潤濕的地上，是一種驕傲幸福的步驟。跟在這位外國樣女生物後面的，有一隻黃毛大狗，兩個孩子。孩子的年齡，阿寶猜著，大的與自己差不了好多；梳得光亮平分的柔髮，也像大人，穿著可體的鬼子衣服，短褲下露出白嫩膝蓋，衣扣上有一條閃閃發光的黃鏈子斜掛到上面小口袋裡。這孩子凸起狹小胸脯，學著外國人行道的姿勢。本不需那麼用力的一雙腳，他卻仿佛上步兵操般，一起，一落，都顯出步調來。在粉臉太太的身旁緊貼著一位小姑娘，比男孩低半頭。阿寶叫不出她穿的是什麼樣花綢子衣服，只看見紅花結的兩條飄帶在她那細長光潔的脖頸上拂動。牽狗繩子也拿在這小姑娘的手中。狗雖然像一匹小牛，可很安靜，翹起能夠豎立的三角耳朵，剛跑出刻鏤著黃銅花的大門便機警地四下望望，以後，悠閒地隨了這一夥向前去。

阿寶的車子正與他們對面走著，而且又同在這條馬路的一邊。

從光明的大房間中搖擺出來的一群——粉臉太太、男孩、女孩，還有那隻威武的大黃狗，正要到擁擠的人群中與華麗耀目的大街上去消化晚飯時膩飽的食料，卻不料剛出大門，斜刺中遇到阿寶送木器的鐵輪車子。不十分明亮的路側，他們都向著車子上的東西愣愣眼，似是覺得有點怪，什麼時候了還在馬路上推著這樣物事。尤其是阿寶臉上橫一道豎一道的黑灰，活像舞臺上的小丑角，那臉蛋緊貼在玻璃檯面上，綠色從玻璃下反映的明光使原來這小丑角的臉更像塗上一層鬼火，青不青，藍不藍的，多難看！那粉臉上的紅嘴角撇一撇，搖搖蓬散的鬈髮，吐一口氣，像是憎惡也像是嘆息。

黃毛狗很會看女主人的神氣，它有的是被豢養出的伶俐。在馬路上原用不到狂吠，但是女主人搖搖頭髮，狗也立刻豎起尾巴，對準阿寶把尖牙露出來。這仿佛是一個威嚇，也是一個輕蔑！阿寶本來仰著頭看車子旁的這群高貴生物，突然被黃毛狗的傲勢一嚇，他下意識地把車子用力向內側偏去，沒留心，正好撞在粗鐵的電柱上。兩臂保持不住均衡的力量，木桌子在小車上原來拴得不牢，砰轟一聲，玻璃桌面倒在電柱旁邊，小鐵輪歪了一面，他的左腿立不牢，身子一偏，也隨了車上的重量向柱子撞去，右嘴角上一陣痲木，險些沒磕壞了眼角。

阿寶如從雲中墜下來，他歪坐在鐵柱旁守著那一堆碎玻璃，呆了，慘白電光照見他的右腳踝有一片擦破的血，與腳皮上的黑灰交映著。

那一群中的小姑娘哇的一聲叫出來。

「媽……阿媽，有血……有血。……」

她的紅髮帶馬上貼在粉臉女人的大衣襟上，她是真實的吃了一嚇，嚇得不敢再看了。同時，那得意的黃毛狗汪汪叫了兩聲，用軟柔柔的鼻子到阿寶破了皮的足踝上嗅著。

男孩子立在側歪的車子前面，卻彎了腰大笑起來。

狗又翹起尾巴，但是輕輕地搖動，紅舌頭吐出來又收進去。獨有粉臉的高貴太太，她像不忍心站著看這個道旁的喜劇，撫著伏在衣襟前的小姑娘的柔髮道：

「莫怕，莫怕！阿金沒有血！……一點點，你同哥哥往後去，我來看看。……」

她把小姑娘交與那英雄姿態的男孩子，可是男孩子不往後退，他要看看這喜劇中的小丑角怎麼下場。滿臉上忍著笑，不離開，小姑娘避到一棵樹後面，現在她不再叫「怕」了，而且瞪起小眼來也在瞧著阿寶，不過牽狗的繩子卻丟在地上。

「還不趕快推了車子走你的路，小孩子，傻望著不行。一會巡捕來了，馬路上——在這條馬路上能把車子丟下？不許！你不懂得章程？……唉，那些碎的碎了，你還湊得起？……走吧，你往哪裡去送家具？……倒好，可惜這個玻璃面子，好在桌子角還沒撞壞，再配上桌面也還好。……」

彷彿這小丑角自不小心把車子弄翻，與她的愛狗沒一點關係一般，她反而注意到那張精巧桌子的漆色與做工。阿寶呆瞪著眼說不出什麼話，他沒曾遇見過這樣的橫禍。他不敢想，碎了玻璃的桌子，那位年輕的女先生收不收？不收，他怎敢回去交代紅鼻頭的老闆？他完全在迷糊中了，兩滴熱淚從帶了眼屎的眼角邊淌下來，流到嘴角，浸在血腳上。

他對正審查他的那個粉臉沒答覆什麼話。

「咦！傻子，你不說話就完了？這在我大門口還好。再過去兩個門是外國人，若是在那邊，你這樣停下來也許外國人早喊了巡捕，東西不要緊，你不過磕破一點點皮算什麼！……你到底往哪條路上送？還遠麼？」

「那條路……」阿寶歪著嘴角木然地強說出這三個字，他呆想一想，便從油膩膩的青布衣袋中掏出老闆給他的紙條。

「——什麼馬——郎路，聽說，還……還轉一條街？太太。……」

粉臉太太輕輕用右手的兩個指尖把那張印有紅字的發單取過去，指甲上微紅的蔻丹映著路燈，如幾顆放熟的櫻桃。

她念了數目又念到位址，「嗯！……馬郎路XX里，第X號……第X號，陳小姐。……」

她且不把紙條交還阿寶，用細指尖摩摩厚粉的前額，一條玄狐圍在她的頸上，兩個淨明的眼珠像狡猾地在她高高的胸前偷看什麼祕密。她重復念著：「XX里第X號，陳小姐。……」末後，她不自禁地頓了頓腳。

「她，真巧……又是哪個老公的錢！……哼，該死！該死！……」

「喂！小孩，這位陳小姐自己去買的家具？——這個玻璃樓子，是不是？」

她先不答阿寶問的道路遠近。

「是她——陳小姐去買的，還坐著汽車。」

「汽車？她一個人嗎，沒有陪她去的？……什麼樣的人？……」

粉臉太太微現出詫異神色，搖搖頭，那兩個長鏈子的珊瑚墜在毛茸茸的耳輪下蕩動得很快。

阿寶說不出為什麼她問得這麼詳細。

「是今天過午四點半吧？我可記不十分清，總在四點以後。一輛黃汽車，陳小姐同一位先生，穿青絨坎肩的先生——五十多歲。像是留了一撮小鬍子，他們一同到源生去買的。太太，人家很闊，汽車裡有好些小包，不知是到什麼大公司買的玩意。……太太，那位男先生說：這桌子大公司有的是，偏偏因為我們那邊是老做手，刻的花紋好，別處少見，還是特意買的。……您想……我怎麼交代？……」

他說著淚珠順著掉下來，掩沒了嘴角的血跡，把兩頰上的黑灰沖成一片。

五十歲……青絨坎肩……一撮小髫子，還坐的黃色汽車……她不用再考問，有這幾點證據她全明白了。僥倖自己剛才的疑問不是神經過敏，不過她仍然像一個精細的偵探要再進一步找到更好的證據。

「小——孩！」她的聲音比以前有點顫動，「小孩，你……你很會說話，喂，我再問你，那有髫子的男人——那東西，是不是在他的坎肩扣子上掛一塊碧玉墜子？……」

阿寶大張著淚眼急切答不出來，他用赤腳穿的破鞋踏著地上的碎玻璃吃吃地道：

「碧玉？……什麼？我不懂。」

「碧玉……就是發綠的小玩意，像一顆貓眼那麼大，有金鏈子拴著，誰一見他的坎肩一定會看得到的。」

「發綠的小玩意？不錯……太太。那男先生，我記起來了，我那老闆與他們講著價錢，老是瞧那塊東西，像是塊蔥根——嫩蔥根，在坎肩上格外亮。太太……您怎麼曉得這麼清楚？……」

墮在絕望中的阿寶，這時被粉臉太太一層層的考問引起了他的好奇心，把道路遠近與怎麼交代買主與老闆的事反而放鬆了一些。陳小姐，那穿青絨坎肩掛綠色玩意的男先生，大概這位太太都有點熟悉，一定他們住的也不遠。無論自己怎樣不中用，可是由那條大黃狗惹起的，她怎麼問得詳細，或者能給自己想個方法，免得老闆一頓打——說不定因此便攆出來。阿寶本來機伶，這一霎，他倒不急著問路，知道哭也無用，他只希望臉前這位好心太太能破點工夫給自己一點幫助。

粉臉太太完全明白了，在設想中，今天午後的景象她全像親眼看見得那樣清楚：青絨坎肩，碧玉墜，黃色的汽車，停在源生門口，陳，那個妖媚的騷東西！也許穿的是上一回在XX舞場那身淡紅色織著銀花的長衣？但這足夠了，她不願再問那女人衣服的色彩。橫豎他是瞞了自己的勾當，把大人與孩子們哄個飽，「公事忙，公事忙」，有時天明才回家……還裝著辦交易所與銀號的事體。怎麼重要，累得常常夜間不能睡覺。自己不是不精明，可是男人們混在這個碼頭上，手眼大，場面闊，就是心眼笨點，從外頭許多的男女身上也學得更乖，何況他……他是老上海呢。

她反而像剛才撞碎玻璃受過傷的阿寶一樣，呆呆地挺立在鐵柱子前面，一時想不起對這小人兒講什麼話。心中說不出什麼味道，是妒，是恨，自己分析不清。

銀色高跟鞋子用力踏在壞玻璃片上，咬緊了下唇，臉上的白粉略現青色。

她用一股熱情想著這苦味的侮辱，而站在她身後的男孩子卻一心掛念著一瘦，一胖，那兩個白色的影子。他見阿媽盡著與這野小子——觸霉頭的小癟三叨叨不休，並且還問及爸爸穿的青絨坎肩，他耐不住了，用光亮的小皮鞋尖把柱子下的玻璃片蹴到馬路中心，接著跺了一下道：

「您還說——還說！現在已經八點了，再晚一會又得叫汽車。媽，勞萊、哈代的片子就是今天晚上……您不是早就說過？……」

阿寶摸不清這是一回什麼事，粉臉太太驟然添上了一臉怒色，圓胖的鼻翅子一扇一動地，似乎兩行牙齒也在緊閉的唇內咬得有勁，腮幫子微微高起。幹麼？別人買東西她動氣？或者她替她的朋友可惜這只桌子碰碎了玻璃面嗎？阿寶剛才的一點點希望又開始動搖了，一顆不安定的心，這時跳得更厲害。聽那穿了鬼子衣服的男孩子的幾句話，雖然有兩個外國音不懂，可明白他是催著這位太太去看電影。無論如何，阿寶不好放走這個機會，仰頭再看那怕人的面孔，男孩子又連連跺腳。阿寶不自覺地把在店中求老闆息怒或受責罰時唯一求饒的法子使出來。

顧不得地上濕漉漉的與玻璃屑隔著單褲紮得皮肉疼，老闆的木棒子與媽的黃瘦臉，如同兩條無形的鞭影把原有的不服氣，不怕硬，鄉間孩子的脾氣打消了。

他立時蹲伏在粉臉太太的長衣花邊下，嗚咽得說不出話來。

她只是皺起眉毛，對著向馬路的東口出神，似乎沒留心這小丑角有什麼舉動。對男孩子的急躁，她也不答覆。

男孩子突然看見這小東西演劇似的蹲伏地上，卻拍著手笑起來。本來想起那一對老搭檔的怪樣兒就忍了一肚子笑，雖然催促著即刻往那個輝煌的電影院，可是眼前這好笑的場面引逗起小少爺的玩性，他又跺一次腳喊著：

「您瞧……回過臉來瞧。他跪下了……哈哈！」

太太轉過身子，從鼻孔裡嗤了一聲。

「白費！我管的了？……活該，應該給他點不順利。……」她也冷冷地笑了。

這個「他」字，阿寶分不清是在說誰，總覺得這位太太變化得太快了，為什麼因為告訴出是什麼樣人去買的木器，她對自己就那樣動氣？

「太太！……您……我回去交代不了，玻璃碎了，那位女先生不收，我向……哪裡取錢？太太！……您一定認識她，求求您！……我……」

他伏在地上說著不是願說的話，一陣哭，把他幾年來的委屈借了這個偶然的事件傾吐出來。

「不干你事？小東西！你總得交代。……不錯，是我認識——是我認識，男的女的！……」

她又向男孩子說：

「回去，回去。電影不要看了……金，來，到明天同你哥哥到公司去買玩意。」

小姑娘安靜地躲在鐵門旁邊，緊抱著懷裡的洋娃娃不作聲，男孩子搖搖頭。

「去，一定去！媽，您為什麼說不去？都是他撞碎了玻璃，您管他，去他的。……不去，沒有了，明天……去？」

阿寶雖然蹲在玻璃屑上抽噎著，可是聽見這另有心思的太太不管自己的事，還說「活該」，緊接著驕傲的小洋鬼樣兒的男孩也說這樣話，他再煞不住火氣，急促地跳起來，擦擦眼淚道：

「怎麼？您不管，算了，還說『活該』？——什麼『活該』？不是您那條狗我會把車子撞到柱子上去？明明您認識的人，不做做好事替我說一句。『活該』！……窮孩子就是『活該』！」

她沒想到蹲在地上求饒的小東西還會有這個傻勁，她把一肚子的酸氣也發洩出來。

「『活該』，就是我說的『活該』呀！你還管得我說話？這地方可不是鄉下，容得你撒野……哼，自己不小心，十多歲便會賴人，真正是小流氓！……不錯。男的，女的，我全知道，女的就住在……轉過馬路去不遠呀。你去送好了……不『活該』，難道是『應該』？這壞東西！」

「太太，您就應該罵人？」

那男孩因為媽媽碰到這件事沒好氣要他同妹妹回家，已經有點不高興，看見阿寶這時不但不求饒，反敢與媽鬥嘴，他立刻跳過一步，顯出小英雄的氣概。

「媽的！你是什麼東西，自己不當心，發野火，來，揍你！」

他一股怒氣撲到阿寶身邊，白嫩的小拳頭向阿寶的肩頭上捶了兩下。阿寶想不到會惹出孩子的進攻，即時往旁邊一閃，被橫倒在地上的桌子絆了一下，踉蹌地滾到車子的對面，話沒來得及說出。吐著舌頭的看家狗為保護主人，聳起尾巴從桌面上跳過來，狂叫著要撕破阿寶的皮肉。——阿寶再不猶豫了，他顧不得事情有什麼結果，轉過來，把小鐵輪車的車把豎起，用力翻去，恰好壓在黃狗身上。用力太重，也把男孩子的左頰碰了一下。

即時，狗的狂吠與男孩子蹲在地上的哭聲合成一片，而粉臉太太的一隻手卻抓緊了阿寶的短髮。尖銳顫動的喊叫從她的喉中發出，阿寶臉上先著了幾巴掌，狗從車輪下翻起身來對準阿寶的右腿猛咬了一口。

在急劇的疼痛中，阿寶向抓住自己的女人用力撞了一下，便掙脫了那隻肥手，什麼也不顧，向馬路的東頭盡力跑去。

身旁擦過一輛汽車，險些沒把他卷在輪子下面。

而身後的人聲、腳步聲也集攏著追來，特別聽得清的是那個太太尖銳的狂叫：「捉住他！……捉住這殺千刀小流氓！……快呀。……」

幸虧鬧事的地點離開這條幽靜馬路的轉角處很近，人急了，便會生出急智。阿寶知道自己的腳力不能與後面的追兵賽跑，何況足踝上擦破皮，右腿上又被那牲畜咬了一口。他躥過街角，迎面看見一片荒場，場上正在作大規模的建築工程：鋼骨架子，挖的深溝，磚石亂堆得像一片小山，還有些看不清的器具，電光很暗。他在這裡找到一個藏身處，那幾條溝不淺，他顧不得了，把小時候跳河溝的勇敢用出來，直向下闖，到底下倒沒覺得怎樣，只是足踝骨上有一陣劇痛，兩條腿全浸在泥水裡。

大約是這條苦肉計生了效力，追兵們敷衍過原告的面子後，不肯盡力搜索。他聽見那一群人沿馬路走遠了，才爬出來，像小偷兒，越過了新在建築的荒場，向電燈光少處溜著。方向，他素來弄不清楚，何況是迷失在這曾未到過的地帶。不知是什麼路，也不知道是中國地方還是租界。他不敢快走，但又不能停下。褲子破了一塊，足踝上全是薄薄的一層泥水，臉上原有的黑灰塗和上黃泥點子，兩隻眼愣愣地，配著脫了兩個布紐扣的青布小衫，他與街頭巷口的小叫化子一模一樣了。

像這樣骯髒的小叫化子在這個人口那麼多的大城市並不能惹人注意。阿寶的心裡卻像揣上一個饅頭，他躲開人多的大街，單找僻靜路亂撞，老遠看見有巡捕站的去處，他繞過去；其實已經感到疲勞的巡捕就看見他這樣兒，左不過盯一眼，哪能理他。

桌子碎了，車子也一定被人家推了去，源生店回不去，他這時倒不必再怕什麼了。恰是大海裡的一根斷線針，不知飄到哪裡？除掉嘴角、右腿、足踝上的傷痕，泥與血之外，他一無所有。平日半個銅子不會落到他的衣袋裡來，有時送東西遇見好說話的人家多給他二十個銅板，或者一張角票，回到店中，老闆照例搜一次，作半斤老酒的代價。所以這時他身上除那小衫破褲之外，就是一張毛邊紙發票也落到那位太太的手中做了物證。

快到夜半了，街上人漸漸見少，黃包車夫拉著空車在街角上打盤旋。四周的夜風從江面上吹過來還很峭冷。阿寶拖著沉重痛楚的腿也走不動了，打算不出怎麼樣過這一夜！天明後的事想都不想，腦子脹得要裂開，嗓子裡像起火焰，一陣瞌睡使他支持不了，只要有個地方就躺下去。

有崇高的樓房，有紳士妖女腳下的地毯，有散市後的空市場，有柔草的園地，可沒有阿寶躺的地方。到處是燈光，到處有巡夜的人，就在水門汀的鋪道上也難把身子放得下。

末後，他好容易踅到河邊，隔著鋼架大橋，看見河那面高樓的窗子中射出來的光亮，許多歡笑的拍掌聲伴著外國音樂一陣亂響。這邊陰森森的，碎石子砌成的堤岸卻十分冷靜。木船上都熄了燈火。船像是水上的家，一列一排地那麼緊接著。遠處，高空中一條綠線，一條紅線，變魔法似的兩條飛蛇在尖塔頂一上一下。

阿寶看看周圍，他從岸上輕輕地爬到一隻還沒有載上貨物的船面，在繩索中間躺下去。

身底潮濕，腥臭。船下，汙黃得如發了酵的河水。

身上面，被汗沾透的布衫，口袋裡裝著四月夜的輕風，再往上，昏暗中映得像紅霧的天空……難望見的星星。

就這樣，阿寶睡熟了。

痛苦，疲乏，恐怖，在下意識中使他的身子翻動，牙咬得直響，呻吟聲雜和著風蕩的水聲。

他不完全是在做夢，如醒來一樣。

每一個唾沫星噴到臉上都變成「活該」兩個狡猾的字形，向他刺射；厚粉的大臉張開血口似乎要把他吞下去；發票拈在紅鼻頭的粗指頭上說是他的賣身契；鬼子衣裝的孩子騎了黃毛獅子向自己撲來。……眼前盡是跳躍的光點；跳躍的黑衣怪物；跳躍的瘦骨架的活屍。……又一幕在一種親密希望的叫聲中：「你是出門的孩子，你是出門的孩子！……」遠遠閃出了引導自己的小紅燈籠，不知誰這麼親密希望地喊叫？但是他一出門，便踏到水裡去，被水裡的活東西咬得自己站不穩。……即時，一片冰鏡從水面漂來，聳身上去，冰鏡很快很快地飛走。……
那遠遠的小紅燈籠，一點，一點，在前面向他微笑，向他引誘著……漸漸靠近。
他覺得從圓鏡上一伸手便可掇得到它了。

一九三六年五月二十七日夜半。

綠蔭下的雜記

悲哀有時能給予人快感，而且相似將清涼的淡水給予孤泛重洋顛頓風浪中人作慰渴的飲料。凡人經過一度的深重，難以遺忘，難以恢復的悲哀，將必嘗試到這種意味。類此事實及情緒上的描寫，在文學作品中，不可數計；且多為極佳而感人的題材。拜倫之詩曰：

「於是欺騙對我而喝采！
雖已偵察出。卻仍是歡迎著，
然經過每種險難在人群的居中獨餘剩下我呵！」

在悲哀以後中的感覺，雖花不能增其美，雖月不能助以清思，一切的自然，都成了低沉幽微的觸感。但亦唯有此，而後方能對於人生的幻謎有徹底的了悟，從不幸的經驗中，可以有種新鮮的感發，對花不僅知其美，對月不僅能感其清，而且分外有更深沉更切重的反悟。悲哀所以損人者在此，所以助人者亦或在此。

我在最近期中，曾得到一位朋友的長信，她有劇烈之悲哀的打擊，令人不能思議得到，但我在此為友誼不能為之宣布。她的來信在箋末的幾句話是：

「現在孤獨漂泊的我，本可以重過N埠，不過孤獨而淒涼的長途行程，使我望而生畏。下學期或仍至S.M.學校教書。我在此大概還有二十餘日的勾留，這因為我身體的緣故。

「我現在對於一切無所希望，亦無所畏懼。我很了解我的命運，只配做一個孤獨的漂泊者，因為我已對我的命運反抗過，結果卻愈淒涼。

「我很希望我成一個健忘者，忘去我過去的一切，不然，我的生命實無法延長……（下略）」

這內中已含了無盡的悲哀的經驗，但她也在同時得到無盡的教益了。

陰雨的夏日之晨

大雨後的清晨，淡灰色的密雲罩住了這無邊的穹海。雖沒有一點兒風絲，卻使得人身上輕爽，疏嫩，而微有冷意。我披了單衫，跣足走向前庭。一架濃密的葡萄架上的如綠珠般的垂實，攟集著，尚凝有夜來細雨的餘點。兩個花池中的鳳仙花，燈籠花，金雀，夜來香的花萼，以及條形的，尖形的，圓如小茶杯的翠綠的葉子，都欣然含有生意。地上已鋪滿了一層粘土的苔蘚；踏在腳下柔軟地平靜地另有一種趣味。我覺得這時我的心上的琴弦已經十二分的諧和，如聽幽林涼月下的古琴聲，沒有緊張的，繁殺的，急促的，激越的音聲，只不過似從風穿樹籟的微鳴中，時而彈出那樣幽沉，和平，在幽靜中時而添加的一點悠悠的細響。

少年人的思想行為固然是要反抗的，衝擊的，如上戰場的武士，如履危尋幽的探險者，如森林中初生的雛鹿，如在天表翺翔的鷹雕。但是偶然得到一時的安靜，偶然可以有個往尋舊夢的機會，那麼，一顆萋萋的綠草，一杯釃釃的香茗，一聲啼鳥，一簾花影，都能使得他從縛緊的，密粘的，耗消精力與戕毀身體的網羅中逃走。暫時不為了爭鬥，犧牲，名譽，戀愛，悲憤而燃起生命的火焰；放下了雙手內的武器，閉住了雙目中的欲光，將一切的一切，全行收斂，全行平息，全個兒熨貼在片刻的心頭。朦朧也罷，淡漠也罷，也像這微陰的夏日清晨，霹靂歇了它們的震聲，電女們暫時沉眠，而灑雨的龍女尚沒曾來到，只有淡灰色的密雲，罩住了這無邊的穹海，一切消沉，一切安靜。

前途麼？只是橫亙著不可數計的黑線，上面帶著時明時滅的斑點，沒有明麗的火炬，也沒有暴烈的颶風。後顧麼？過去的道途全為赤色的熱塵蓋住，一個一個的從來的足印深深地陷入，留下不可消滅的印痕。只有在空中——這神祕的無邊穹海裡，Phaeton 在駕著日車，向昏迷的人間撒布焦灼焚燒的毒熱。Melpomene 在雲間揮劍高歌，驚醒了歡樂的喜夢。鼇背上這小靈球兒徒自抖顫，只是甘心忍受，低首屈服，這無邊穹海的威力的迫壓。它同它的子孫，哪能有自由揮發，與自由解脫的能力與意志，它也同太空中個個的小靈球，忽然如在午夜中一閃微光，便從它們的姊妹行中失掉。

水是淹溺我們的，火是燃燒我們的，風是播散我們的骨骸的支節與靈魂的渣滓的，地是覆滅我們的……只有毀壞，破裂，死亡，一切的「無」，一切的「化」，一切的「到頭都盡」。這其中偶然迸裂出一星兩星的「生」的火星，偶然低鳴出一聲兩聲的「愛」的曲調；偶然引導著迷惑的我們左右趦趄；偶然使得我們的心頭震顫。無力的我們，便如小孩子得了帶酸味的一片糖果，歡呼，跳躍，舞蹈，高歌。及至糖果尚沒曾咀嚼出滋味，便與唾味同時消盡，不曾飽滿了饑餓的胃，不曾充足了雷鳴的胃腸……末後，只剩下求之不得的號泣，只剩下了過後的依戀悵惘。

勃來克說：

長矛與利劍的戰爭，
全為露珠兒融解。

果然麼？朝露能洗滌人間的罪惡時，我願同我的親愛的伴侶永遠生存，遊戲於露托的模糊的網中。

托爾斯泰說：

小鳥兒們在陰影中鼓著翅兒，唱著歡樂的空想的勝利的曲兒。高高在上的樹葉兒充滿了樹汁，在快樂地細語，同時生動的樹枝慢慢地而且莊嚴地在他們的人兒——消滅而死的人兒——上面搖拂。

果然麼？生與死能夠這樣的調諧，死，切斷一切而不感寂寞。尚有鳥兒的嬌喉，尚有樹枝的舞蹈，能以使這為饑餓，為不充足，為怨情，為淚，為念而死的靈魂，覺得慰安，則「死」與「生」，正是一串的珍珠，應該攙合著穿在一起而掛於美麗的女郎的頸上，與火炬的明焰與深碧的海濤相合。而借此一二個珠兒的光輝，映照著淡灰色的無邊穹海的平淡。

但是露珠兒終被毒灼的日光晒乾。死去的靈魂，會不會真能聽到野鳥的嬌歌與樹枝兒的細語？

宇宙終古是被淡灰色的密雲罩住，晴朗，明麗是瞬間的閃光多歡樂，狂喜，是突然的情焰的燃燒。就是這樣淡漠而平靜的，沉沉的如行在灰沙鋪滿的長途中，爭與奪，愛與欲，氣憤與犧牲，都是有曲棱的尖刃，不但要切割我們的肢體，且要多流我們的熱血。他們是獵人，我們是被逐的動物；他們是深坑，我們是被陷入的土塊瓦礫。但……

我們的血潮，終不能靜止在我們的心淵；我們的欲念，終不能如芥子之納於須彌；我們的自由的反抗的種子，終不能使之不萌芽，滋生，一時的朦朧，一時的淡漠，更不能上尋「帝鄉」，永遠地逃卻人間的網罟。待至震雷作響時，打破了灰色的雲幕，灑落下急迅猛烈的雨點，於是萬馬千軍的咆哮，金鐵擊觸的互毆，我們的心火又隨著電火引燒，向無邊的穹海中作衝撞的搏戰。於是我們便重行轉入縛緊的密粘的網中去，為一切而吹起戰角揮動軍旗，而燃起周身的火焰。

露珠兒果能融解？

死亡果能以平靜？

人們的思想原是在迴圈圈中：有時歡喜吃淡味的麵餅，有時喜歡吃辛辣的食物。但平靜是一時的慰安，奮動是人生的永趣。我在這夏日的清晨的淡灰色的雲幕下，雖然喜慰我這心琴的調諧，但我也何嘗忘卻霹靂，電光的衝擊。我由一杯香茗，一簾花影的沉靜生活中，覺得可以遺忘一切，神游於冥渺之境；但激動的奮越的生命之火焰卻在隱祕中時時燃著。

我們為消失長矛與利劍的戰爭，而不惜向更深更遠更崎嶇的山道中冒險去乞得露珠，雖然也未必真能消除人間的戰爭。

如此的

——古寺後的夢談之一

如此的寂寂空庭，澹澹燈花，初涼的秋夕，望影相對，心頭上橫雜著萬千感恩，回憶……淒咽。有良友似的書籍盈架，但都懶得翻檢。……我忽來此地獨當此清宵，是何因緣，乃作此夢中之夢。本想靜裡安養，可耐我心靈的活躍，不能自止在黯然的一剎那中，如潮翻似的，花飛似的；回雪旋飆似的。我的心靈不曾恐怖病體的糾纏，不曾為紛繁人事所迷失，仍然在沸熱的血絲中迸裂，跳擲，何曾有片刻的寧靜。回憶一月前的瓜架下的暑夕露坐，剖瓜笑語，碧簟羅帳揮扇撲蚊的生活，又隔一世，為求「生」，求更盡的努力的「生」，重復歸來。半月的痾疾，受盡了苦痛，艱辛，何足言，更何足數……只償了枕上呻吟，夢中轉側的哀泣。至今尚覺腰膂酸苦，心臟怯弱，每到夜中如同負了多少的巨石，迷朦中都覺有恐怖的心緒充塞著。如我虛浮的生了二十餘歲，從不知恐怖的陰影能以追逐我自由自在的靈魂，但我要為「自我」覓得復生的道路，為「社會」覓到更明的火炬，我所以不曾否定生活，不曾向反自我，反社會的虛無路上走。——呀，忽來了一陣急激淒緊的街道瞽目的人兒的三弦聲，打破了片時的岑寂，由聲音中感應起我緊張的心弦。

大家庭的兒時夢影，大族制下的父親的犧牲；細雨書院中的松下留痕；浴蠶時候的溫馨的午睡；書室中一年獨過的冥想生活；大明湖畔的遺思浮塵。一層層過去的心雲，不能淨洗天空，露出一輪皎潔的霽月，照徹我全身；照徹此黃昏時冥冥慘暗的宇宙。可憐留下的慘咽，興激，迸躍，搏擊，在我這弱體強志的少年的體魄中，又誰能了解？何可稱述？……

×　　×　　×

欣欣向榮的群生，我羨爾的天真渾樸，我愛爾的澹靜無為，但我不能因為濁酒數杯，素琴一曲，便以為能奪去了我的人生的迷咒。它鎖得牢牢的，刻入得深深的，解脫不了，拂拭不去，它使我戀愛，使我尋求，使我向無垠中奮力前走，使我向不可知的鏡中急行拍照。向榮的群生！一杯白酒，兩片麵包，煙草吸起，登床睡覺，好麼？我也願意；而酒中已攪入砒毒，麵包中夾著沙礫，平正的木板床上也有荊棘，你如何能以安入黑甜的鄉土作「華胥國」中的人兒？

× × ×

「人」沒有不解決；「世界」也沒有新舊，好歹，退化與進步，然而為解決生活；為解決如何適應生活；如何更提高生活；為何目的而生活，宇宙雖大，事實雖萬化千分，到頭來造的，播翻的，更正的，一切的一切，總會向生來就「不幸」的「人」——這怯懦的無知的可憐的動物身上壓下來。假定蘇格拉底的論理話還可靠，我也為此可憐的動物之一；便不能不由你動魄驚心，將刻煉盡你的骸骨，隳壞盡你的精力了。

然而終古何斯，「客亭門外路東西，多少喧騰事不齊。」世事的回環，矛盾，是這麼樣；心靈的衝擊，馳逐，遊移，說不出，寫不好的在內面的活動，也是一樣。這是生活的外內兩方，更不必說些「創造」「懷疑」「實證」「因果」的話頭了。

寧為藕花，不作浮萍，這兩句微妙的話，方是了悟生活的真實意義。「生」

之象徵，取譬又豈在遠。就當此寂寞的黃昏中，四鄰無聲，靜如丘墓，而偶然一陣尋塒的棲雞隔離尋伴；偶然我心靈中奏著抑揚沉複的哀調時，內的衝動，外的物象，相融相洽，這迷離難解的象徵的顫影，便在搖動。

× × ×

我昨夜夢摘商星，而今夕秋河畔便缺了一個星座；我昨夜多添一場夢影，今日在現實生活中就多餘了一個我的意識的存在。萬象如此，萬事如此，說不解他就罷了，更何苦向「管子」中尋求天地。

迷離溫柔的舊跡，都如飄雲散去，似乎無玷於晴明的太空，然而不曾經過，便可超然象外，既曾經過，使不能不留下「冥鴻」的飛跡。快的，迅忽的，不可捉摸的，甚至於一瞥的過去，看也沒曾看得清楚的，這些難於了解的……跡，但終是從虛空中飄浮過去了。不是絕智隳情的桃木偶人，不是徒知游心於玄默的化石，怎能不悒悒，淒淒，悠悠……以度此不能不度——不能不想法以度的無聊歲月！

生活麼，我認識了你的面目，我又怎能用芳醪洗滌你的汙體，陶醉你的辛勞的靈魂？

×　　×　　×

不想也罷。只是心頭綗綗的，咽咽的，如同用蠟丸封住心腔！犧牲，破裂，融合，寂滅，怎樣的？涅盤不曾把你載得住；樂園不曾把你關得住……任著它罷？這樣刺心的矐目的……暗裡的勢力把你降服，把你宰割，把你練形易色揚骨成灰，更找不到一所青山的住處。

不可思的遠道呵！不可求的聖靈呵，且放刀，賣劍，向空谷中去罷？足音來了！……否，是迴響，終久還是有迴響呵，到死的春蠶多麼可憐！……

唉！不如此不成為人類。

苦……「我」竟要何為？

還不是似風散雨收般的人間，還不是移根換葉般的生活，「實在」「永遠」，曾在哪處種下了不朽的根苗？「解脫」「努力」，何時在圖畫中曾被人省識？不記歸時，更何能找到去跡，不縈懷抱，更何曾覓得心痕？茫茫的，泛泛的，如此罷了，多言只多遺音，多書只多餘跡，我行在這冥途中為日已久，恐怖貪嗔的劍影刀光，時時來割裂我，擊打我，威嚇我，從風雨的窗中逃過，從險峻的峰壑走過，從密如魚網利似霜鋒的生之流中浮沉過——更向何處去？

而身後陰影的追逐，在時間空間中使我不得不加緊我的腳步。

為要求「生」，便須要求與「生」俱來的「感」。誠然是不能熨平，不能衡勻，不能使如止水不波的……但卻又不能任其缺，任其紛，任其飄渺，任其空空的沒一個處所。嬌花不易開滿，潔月不能長明，而復榮，重圓的思想，卻永留在你，我，他，有情無情的一切體與象裡。這是納須彌於芥子麼？是針孔可以穿過駱駝的必由之徑麼？使不可為而終須為，苦樂，憂鬱，望與失，懷抱之中與形骸之外，不可免的「感」的沖刷豈僅是秋葉的墮階的微響，豈僅是淒蛩的一夕哀啼！

為了「生」不能不走此道。——

但昏黑，迷惘，待向何處去？去！終有盡頭，何必先看見彼岸。

×　　×　　×

如此的……煙，雲，蟲，魚，鳥，獸，水，石，草木；如此的……悲傷，歡喜，融合，齟齬，榮暢，枯槁，躍動，沉寂；如此的……綺豔，淒涼，繁奢，冷落，流轉，死滅；如此的……解決了！你不必瞿然也不必莞然，更不必悵悵然，只是煥然，釋然的邁步前趨，苦痛蝕透了的心，鋒刃割破了的身體——人為什麼來的？又焉能羌若而來倏然而去，不留下一點印痕！——

你要怎樣踏下你的足痕？

我願隨著踏下去；——否，我願踏得更深些呢！

× × ×

頭上一陣昏暈，連帶著記起病體的餘痛。舊跡永思尚在發畔足下呻吟著苦聲，掙扎著它們的生力，忽然仿佛中有個奇景的畫圖在我面前開展。

絕壁危岩上暮色瞑合，毒刺的灌木圍定了四周，暗裡的恐嚇的嘯聲隱隱聽得見。岩下黑濤怒漲，鼓起了殷雷似的吼動。壁尖上獨立著一個慘澹的人兒，他在四圍地看，聽，尋覓，又在凝思……他似乎要在這慘絕，險絕，也可愛絕的境界中……

如淡霧似的幻影漸漸擴大，漸漸淋滿，罩住了我的座位，罩住了澹澹的燈光，罩住了這初涼的秋夕的世界。

一九二四，九，十八。

偶像

——古寺後的夢談之二

誰也從崇拜偶像的生活中度過來。什麼有鬼論，無神論暫放在一邊；什麼Thalia‧Exato暫安置在古歷史的夾頁；但我只崇拜你——否，不是崇拜，是供養，是尊敬，是愛，是消滅一切，復生一切，是融化一切，是將我留化於大宇宙之核心。

呵呵，不必用理智的鋒刃來切割；不必用邏輯的言語來束縛；不必用不相干的譏諷來加猜測，你是主宰者，是造化的中樞，是心頭的「鎮犀」，是夢裡的迷香。——今朝秋雨初過，天空如罩著褐色的紗幕，到處都是寂靜空虛，只有你坐下的世界是在生躍，是在微笑，是在造化無窮的生之機能……哪怕這秋風秋雨的蕭晨，只有「你」，此外更復何求！我心圓滿，我生充實，我的不朽……亦屬充實。

這是我從紫鬱峰的最高頂處的古寺中偷來的，也可以說我從那裡將你供奉來的。記得那年：我在古寺之側的閒院中養病，每天過的寂祕的生活。大樹的合蔭，翠柏幽篁的搖曳，蒼鷹的盤空，夜鵝的哀鳴，也是秋來的氣候景色。我獨自高居於幾千尺的峰頂，每日裡與病魔作周旋，不知那個時候是我棄世間；還是世間遺棄了我一個？每日只覺得恍惚如在醉夢，淒悒如聞寒笛，雖有鳴玉的流泉，媚笑的野花，友誼的許多鳥兒，常常在我的窗前的白雲帳外作啁唧的啼聲，但我是寂寞，不但寂寞了思想，亦且寂寞了聲，色，味，觸。因為外界的真實的聲，色，味，觸，於我似乎都相去很遠，引不起我愉快或悲淒的反應。一天天如在沙中臥著，飲食著，遊行著，一切皆有泥土的氣息，總是心頭悶悶，不滿足麼？我原不求什麼的；不快意麼？我也沒有什麼失望的，這正是說不出來的寂寞。

不記得到山上多少日子了，那日正在九月的中旬：我一早由茅窗下醒來，只聽得滴滴的清露在竹葉上作響，此外沒有任何的聲音，推窗外望但見堆絮的白雲，滿了山峰中的空隙，這偉大神奇的雲海，也將我籠罩於中，看不見曉月，也看不見初日的鮮色。我恍然的不知所可，但有迷離的感覺鎖住全身。披衣立起，即坐在窗前的竹椅上，若夢若醒，直待日露雲消，萬象如洗的時候，方才重行起立。身上被濕氣的潮蒸，毫無力氣，緩緩地步往茅草的簷下，便不自知地向香雲寺的路上走去。

沿路上可以引起我的興趣的只有遍地都是的野蘭花，她們有青青的條形葉子，在中間開著白色而雜有淡紅色的小花朵。她們或者是富有象徵的意味的，但我只有愛慕卻說不出為的什麼？沿著鳴琮澗下去，轉過一叢竹林，便是頹舊的香雲寺。……我這是第二次重來。我對於這個古舊而破敗的地方，卻有無許的感戀！去到那裡彷彿像要從那些頹垣亂石找尋什麼東西的一般，其實，除掉叢生的榛莽與野石榴樹以外有什麼呢。和尚也有三四個，大都是真穿了百衲的破衣，撚著泥垢掛滿的念珠。每天下山去隨時乞緣以外，更沒其他的人可以言語。我那一次又信步走去，到得石壘的山門時，不覺得立住了。山門對面是一所荒亭，亭上的柱子只有兩根還直立著，那一半早塌倒在青石岩下。因此原來繞亭而流的山溪，也改了流道，從塌下的亭子上漫了過來，可以想見在以前的亭下溪聲必是淙淙潺潺如奏著合韻的簫管，想像那時的山僧在此秋夜必能聽得見群樹與山溪合鳴的天籟，激越簫微，倒可以作不寐的伴侶。現在恐怕也沒有人來聽此幽趣之聲，況且溪流既亂，聽去也不過是如風雨夜驚，使他們寂靜中以求超脫的靈魂反感到憯惻與悲壯的不安罷了。……我一邊走入山門，一邊想著，便覺得兩眸有些酸意。

階下的青蛙爭鳴，瓦上的蹲鴟窺人，一派簫瑟寥落的風景彷彿在空中積疊著無許的悶氣。寺內房屋錯落高下倚著山岩建築的，卻也不少，但那時已是頹壞了大半，只有幾座佛殿；也是屋漏青天。那些泥塑木雕的東西已經金彩剝落，表現他們歷劫後的悲運。我踱過兩三座殿宇，終沒見著一個人，只有在破簷下爭巢的鳥兒振翼高鳴。

後來我由一所小小的韋馱殿前穿過，爬過了一座土山，忽然看見還有一所小小的較為整齊的佛殿矗立在土山之後。這是我上一次來沒曾到過的地方。我想或者有人在裡面居住，可以談談這所古寺的盛衰事蹟，便興奮地越過土山。……及至踏上縱橫不穩的石階，向佛殿內走入的時候，卻仍沒有人蹤，而且重疊的蛛網掛滿了屋角簷頭，也不像有人住過的樣子。卻也奇怪，殿內並沒有許多泥像，只有在灰塵封滿的舊紅漆色的木龕中有一尊不到三寸高的小佛像。我在空虛中忽見有這樣一個神奇的伴侶，便拂著蛛絲，塵土，走向前去觀察。

那實是一個奇異的神像！不過有三寸多高，是用紫泥塑成的，用金彩絢繪著一瓣瓣的蓮花座子，生動如池中放著的清香花兒一樣。神面是愷惻莊嚴，微微地笑著，它似乎在這個寂歷空山中用無盡眼藏遍觀世間法，到頭不過在微笑之中滅絕一切。她一手當胸，一手斜垂於右膝之上，裸露著上體，臂及腕上都常有鐶釧，當胸垂掛著五色瓔珞作成的念珠。……我曾沒見過這樣莊麗動人的佛像，更沒曾見過在這樣小的塑工中竟能塑成如此動人的偶像！……

我在山中居住了這多久的日子：朋友是隔絕了，家庭是拋棄了，世間的榮落全似與我相離，只餘下病體的纏綿，可是我也從萬事消沉中感到孤零！因為我不但將人間失去，而且在不知不覺中也將我的偶像失去……我心中看見了木龕中的小佛像以後想。

誰聽我！若果然說得出這些話必定譏笑我是瘋子，是糊塗人，我又焉敢在這迷夢般的人間爭執著說我不是瘋子不是糊塗人呢！聰明的人，像我是不配的，甘心做糊塗的也好。崇拜偶像都是糊塗人做的事，你們聰明的人想來都以為自己便是偉大崇高的偶像，須待他人來膜拜頂禮供養溫存。微小的我呀！何敢生此無明妄想！我說也可憐，所要求得頂小——而且並非對於他人有此要求，我不過要求我的心火時時燃燒著一點垂死的明光！但……你們還不能給我——否，說句誇言也似乎不配。——我只有求之於空山中頹荒的古　，敗殘的佛殿，沒人曾來此留過誇大驕偽的足印的地方，我無意中將偶像——否，生命的引徵尋得！……萬幸！她絲毫沒有受世間的玩侮，笑語，與批評，這在我看來是一個宇宙中的完全，人間世的不朽。……太不著邊際了，也不怕人家聽了，笑掉了互相吞食的牙齒。

片刻中思潮瀠回，末後，我自己也微笑了。……管得許多，我雖沒把鐵鞋踏穿，卻已將我的心田走遍，今朝邁到了，我要請你的偉靈，你的聖潔，你的微笑中的莊嚴。……一切同我去吧！

我俯首在粗木製的佛案前，想到此處，不覺得淚痕濕透了襟袖。為悲苦還是歡愉？不知道的，但覺全身在空虛中顫動，在此靜默的自然中若有無許的神力在運行，在騰拿，在乙太中旋轉摶造。……

從此後我有了，憂悒的悲泣中，狂想的歡笑中，寂寞的惆悵中，都有了一件鎮心的珍寶，有了一個伴我靈魂的偶像。

偶像！——我便是這樣尋得你來的！也便是這樣顛倒，留連，不能離卻的！是尊敬？是愛？向哪裡找出界線？融合，消滅，不過是一種盡力的形容。總之：

你是主宰者，是造化的中樞……是在生躍，是在微笑，是在造化無窮的生之機能——這是我的受用！

罷罷，似恁匆匆有甚心情？怕不被人間的笑聲嚇死——但有你在有我在，有我們的永生在，有此秋風秋雨的證實在……便足以圓證一切，顯現一切，無違礙亦無畏怖。

閒？

——古寺後的夢談之三

早起到陂塘，歸來每夕陽。
得魚不自飽，辛苦為誰忙？
戴醇士

人為欲望而生活，下一句轉語即從重重網羅中力求滿足的實現。滿足麼？這恰像「一天秋意無人領……」的詩句，不是沒有人願領，只是蕭索寥冥；如同宿雲微陽中的凝煙，收攏不來，把捉不到。

耶穌在十字架上並不曾懺悔前非，拿破崙在荒島之中也不曾戢其雄心，李太白寧醉後捉月死於江心而始終不能戒酒，羅蘭夫人敢上斷頭臺究竟不能禁得住她的靈魂尚要求自由。為滿足而存在，為填平不滿足的坎窞而奮進，死滅而不悔……因為他們已找到滿足的足印了，而且亦曾踏過。

為個體麼？還是為宇宙？——太狹小了，又太廣大了，「為月憂靈，為書憂蠹，為花憂風雨……」多事，但為求自我的生，及一切個個的自我的生之奮進，聯合，不能夠不多事；你縱使心頭上如雪融過的澄澈，如鏡照過的清明，但滿足的具有誘惑的魔口，是露出牙齒噴發出灼熱的氣，向你要求食物的——固然「多少是好」。

山不可移而世間竟會有愚公，水不可斷而竟有切水的利刃，莫說不可，它已在你身後大笑。因為它正如浪漫文學中所述的飛仙似的，如果你不駕著有色彩的雲霧驅逐著它前行，它自會有且在山腰眠上一晌的本領。……過了這一時你再遇到它，它必要拿出冷冷的面孔對你，使你不歡迎的話兒來打訕你，你不能同它去遊歷所謂大山名川，放浪於一切之外，而你那內在的魔鬼，就要齧碎你骨骸了。

是的，我們感到空洞，感到悶損，感到一切都在不可了的行程中盲目前進，然畢竟如何好呢？誰知道？「為什麼你坐在那裡並且只在懶懶的遊蕩中響弄著你的手鐲兒呢？」①誰知道？「……此恨平分取，更無言語空相覷。」②是為的哪一樁？你要挽回這樣的怔忡狀態，只有兩條路：一種是放棄，頹廢，拿出了天坍有我頂著，地陷有我接著的態度，我躬不閱……所以且飲酒，且歌舞，又一種是作，是忙，是想用某一種衝動佔有我的身體，以及我整個的意識界內的活動。——今年夏日，振鐸給了我一封信，內中有兩句話：「生活本來沒有意味，只是喝白開水……惟由工作中可以找到意味。……」這是我們幾年來共同而且堅持的主張，任人家批評我們看不開，任人家說我們是不自達——也正自管不了許多。但我總認定這是在懶懶的遊蕩中走，回家去的一條道路在無語相覷，無可如何中一個比較可以解決的方法。

路在哪裡，方法也在哪裡，任憑聰明的人們自走自找，也許更有些寬廣的路，更適意的方法，那我們便理會不了許多。若果然能逃得出我的狹籠之外，我們便無妨高唱靈魂的解脫，不然的時候，一個鳥兒啼，一片葉兒飄落，一朵玫瑰花開放，便都是「我」的事[3]，「我」並不是單個的東西，可以分切開的東西，可以丟在曠野遺棄於黑暗山谷中的東西，它的暗影的翼幾乎包盡了宇宙，除非是世界盡日，它才不會發出淒鳴的哀音。……既然不能同它恩斷義絕，不能同它離婚，或者作死刑的宣告，那麼，無論有何痛楚，我們不能不忍受吧！不能不從忍受中求生活吧！

「袈裟未著嫌多事，著了袈裟事更多。」誰教我們一生下之後將各色的袈裟穿起來呢！誰教我們「我生不幸」，即早早的披剃在蓮臺下呢！但你要知道：蓮臺座下是沒有蓮子吃的，要吃還須你向蓮池中自種，自摘，自己受用，一切事，一切法，哪有不從創造中獲得。生活只是如此，只是在掙扎中，呻吟中，去找到創造的鑰。其實它又何嘗局得嚴密，封固得牢實，只須你不要只知閒著弄手鐲，不要「更無言語空相覷」便已足了。

並不須說什麼創造衝動是世界文化的基礎，也不消說工作是自己及鄰人們利益的自決，就只當消遣來談談吧。為「閒」才去消遣，這真是笨伯，消遣的意思還更廣泛更深奧呢。工作與遊戲本沒有很清的界限，工作之本身，何嘗不是消遣的變形，假使科學進化，一切都不費人力，如同理想家所說的一樣，所有飲食，工具，都能用機械來代替，政治及一切人類的活動都化為簡單而無庸費力。既能夠如此，然則我們可以冥目一想到那時候是不是還需要消遣？……回過頭來的話，由委溯源，這才找到消遣的本義。我們為什麼要從「閒」中消遣？有「閒」時方可以有消遣的方法？如果被善滑稽的淳于髡聽了我這夢中的夢話去，他的冠纓恐怕要作第二次的斷線風箏。

為滿足，我們不能不多事，為消遣，我們便不能止於喝白開水。徒響著手鐲，徒愣愣相覷，豈不無味，豈不難過！

什麼修齊平治的思想，先讓它夾在松墨之香的書頁中。

什麼民胞物與，一日不作工即一日不得食的話，暫且不問。就在「我」字上講，我們要將「閒」這件外蓋繡花內有草包的枕頭送與誰去作沉醉的香夢？

一九二四，十，一日。

注：①泰戈爾：《園丁集》

注：②宋人詞句。

注：③梅德林克的戲劇的話。

血梯

中夜的雨聲，真如秋蟹爬沙似的，急一陣又緩一陣。風時時由窗櫺透入，令人驟添寒栗。坐在慘白光的燈下，更無一點睡意，但有淒清的，幽咽的意念在胸頭衝撞。回憶日間所見，尤覺愴然！這強力凌弱的世界，這風瀟雨晦的時間，這永不能避卻爭鬥的人生……真如古人所說的「憂患與生俱來」。

昨天下午，由城外歸來，經過宣武門前的橋頭。我正坐在車上低首沉思，忽而填然一聲，引起我的回顧：卻看幾簇白旗的影中，閃出一群白衣短裝的青年，他們脫帽當扇，額汗如珠，在這廣衢的左右，從渴望而激熱的啞喉中對著路人講演。那是中國的青年！是熱血騰沸的男兒！在這樣細雨陰雲的天氣中，在這淒憯無歡的傍晚，來作努力與抗爭的宣傳，當我從他們的隊旁經過時，我便覺得淚痕暈在睫下！是由於外物的激動，還是內心的啟發？我不能判別，又何須判別。但橋下水流活活，仿佛替冤死者的靈魂咽泣，河邊臨風搖舞的柳條，仿佛惜別這慘澹的黃昏。直到我到了宣武門內，我在車子上的哀夢還似為淚網封住，尚未曾醒。

我們不必再講正義了，人道了，信如平伯君之言，正義原是有彎影的（記不十分清了，姑舉其意），何況這奇怪的世界原就是獸道橫行，憑空造出什麼「人道」來，正如「藐姑射的仙人可望而不可即」。我們真個理會的世界，只有尖利的鐵與燦爛的血呢！和平之門誰知道建造在哪一層的天上？但究竟是在天上，你能無梯而登麼？我們如果要希望著到那門下歇一歇足兒，我們只有先造此高高無上的梯子。用什麼材料作成？誰能知道，大概總有血液吧。如果此梯上而無血液，你攀上去時一定會覺得冰冷欲死，不能奮勇上登的。我們第一步既是要來造梯，誰還能夠可惜這區區的血液！

人類根性不是惡的，誰也不敢相信！小孩子就好殺害昆蟲，看它那欲死不死的狀態便可一開他們那天真的笑顏。往往是猴子脾氣發作的人類（豈止登山，何時何地不是如此！）「人性本惡，其善者偽也」的話，並非苛論。隨便殺死你，隨便制服你，這正是人類的惡本能；不過它要向對方看看，然後如何對付。所以同時人類也正是乖巧不過——這也或者是其為萬物之靈的地方。假定打你的人是個柔弱的婦女，是個矮小的少年，你便為怒目橫眉向他伸手指，若是個雄赳赳的軍士，你或者只可以瞪他一眼。在網羅中的中國人，幾十年來即連瞪眼的怒氣敢形諸顏色者有幾次？只有向暗裡飲泣，只有低頭賠個小心，或者還要回嗔作喜，媚眼承歡。恥辱！……恥辱的聲音，近幾年早已迸發，然而橫加的恥辱，卻日多一日！我們不要只是瞪眼便算完事，再進一步吧，至少也須另有點激怒的表現！

總是無價值的……但我們須要掙扎！

總是達不到和平之門的……但我們要造此血梯！

人終是要抗厲，要奮發，要造此奇怪的梯的！

但風雨聲中，十字街頭，終是只有幾個白衣的青年在喊呼，在哭，在揮動白旗嗎？這強力凌弱的世界，這風雨如晦的時間，這永不能避卻的爭鬥的人生……然而「生的人」，就只有抗進，激發，勇往的精神，可以指導一切了！……無論如何，血梯是要造的！成功與否，只有那常在微笑的上帝知道！

雨聲還是一點一滴的未曾停止，不知哪裡傳過來的柝聲，偏在這中夜裡警響。我扶頭聽去，時低時昂，卻有自然的節奏，好似在奏著催促「黎明來」的音樂！

一九二五，六月五號夜十二點。

海濱小品

夜遊

南海岸上的大飯店的琴韻悠揚中，我們迤邐地向海濱走去。微挾涼意的風吹著紗衣，向上面卷起，頓有毛髮灑然之感，並無一點的汗流。在散雲中的月色，尚一閃一藏地露出她的媚眼。道旁西洋女子的革履聲登登地走在寬潔的路上，來回不斷，時而一陣帶有肉的香味從臨街的紗窗中透出，便令人覺得這是近代的濱海都市的嬌夜了。

到棧橋的北端時，人語漸稀了。沿海岸的石欄外的團松，如從戰壕中出隊的戰士似的，很有規律地排立在一邊。濤聲也似乎沉默著，來消受此靜夜，沒有多大的吼聲。月嬌嬌的，風微微的，氣候是溫和而安靜，人呢，正在微醺後來此「容與」一。

及至我們走上那長可百數十米達向海內探入的棧橋時，陡覺得涼意滿胸了。

上有淡明的圓月，下臨著成為深黑色而時有點點金星的闊海。時而一陣陣的雪堆的白線掠上灘來。四周是這樣的靜謐，唯有回望的繁星般的樓臺中，時有歌聲人語，從遠處飛來。

「我就歡喜這裡，又風涼又灑脫。」我的表兄C說：

「地方真的不壞！就是這樣幽麗，溫靜，而且濱海臨山的異樣的小城市，在全德國中也找不出兩三個來。……」陳君接著說。他是位新從德國學醫回來的博士。

棧橋的北段，是用洋灰造成；而南段卻係用長木搭成的。當我們走上北段時，便聽見前面有兩雙輕重相間的皮履聲在木製的橋上緩緩地走著，因為他們談著話直向前去，我一個人便落後了。我憑著鐵索向下聽那海邊的水聲，有時也望一望南面的海中小山的燈塔，全黑中時有一閃一閉的紅色燈光，在水面晃耀，便似含有豐富而神祕的意味，耐人尋思。

我正在撫欄獨立，正在向蒼茫中作無量尋思時，忽而在以前聽見的履聲由木製的橋南段走到了我的近處。在月光之下，分明的兩個長身的影子是青年男女二人，正並著肩緩緩地向北面走來。

「不必尋思吧……你每逢著到這裡，就想起那個孩子，一年半了……！」穿了淡灰色什麼紗長衫的男子，側著頭向他那身旁的女子這樣說。

那位白衫灰裙，看去像是很柔弱的女子，卻不即時回答，只幽幽地向海波吐了一口氣。

「實在可惜。想你自從同我……以後，有這樣的一個孩子真不容易！也難為你天天分出工夫來去喂乳，可是死了……算了吧，這麼長期的憂鬱如何得了，橫豎也乾淨。……」

「人不下生才乾淨呢！早要各人乾淨，何苦來先要我們。你只曉得……我什麼心也沒有了……」女的幾乎是哽咽的聲音，略帶憤然的口氣說。同時她也立住在棧橋的中央，向遠處凝望。

男子默然了，過了一會卻又申述一句：「咳！你還不明白，若是孩子生時，看作何處置？你呢，受累終身，誰有地方與他，人家還不是說是私生……」

「什麼……哼！……」女子緊接上這三個字便一摔手向前走去，男子便也追著向北邊去。在她的後面，仿佛說些話，但濤聲與風聲相和，我立在前面便聽不出來了。

過了有半個鐘頭，我們同來的伴侶又走在一處了。三人足聲踏在細砂的坦道上，沙沙作響。月亮已脫出了雲罅，明懸在中天，道上已沒有許多行人。陳君說：「爽快得很！可惜這月色尚不十分乾淨。……」

「月亮不出才更乾淨呢。……」我接著說。

「雲君，你說的什麼話？」

我沒有理由答他，便默然了。只有遠處的浪花濺濺作聲。

笑逢

「沒見向哪裡當尼姑去？……橫豎逃不出命去！……」

「不要難過吧！好好的，你看，你要哭了，哭哭吧！怎麼今天臉還沒光？昨兒晚上睡得很遲吧？」

「兩點了才睡覺。不是過堂來了麼！……」她口裡慢慢地說著，便將鬆鬆的辮髮側在一邊，屈了右肱將薄紅的腮頰向文席上貼著，現出嬌小柔弱的女孩兒淒然的嬌態。她接著嘆了口氣，但那是極微細，不留心還聽不出是在吁氣。她便幽細地唱道：「思想起老爹娘！……」的皮簧腔調，然而也只是這一句，在淒惋的搖曳聲中便咽住了。即時她的圓弧形的眼瞼下，水汪汪的，仿佛如冰浸的精珠，明亮而玲瓏。

「她又不打你，還算好呢。你真是小孩子！來，我同你說個笑話：——聽著，一個姑娘買了一個玻璃球，又明麗，又柔潤。有一天她在水池邊遊玩，看著水色異常的澄鮮，她便將玻璃球放在水中。……」

「以後呢？」她側仰起面來看著我，帶著有趣的疑問的意味。

「以後玻璃球被水裡的魚吃了下去，後來這魚被海裡的王后老蚌拿住，將球放在她的宮殿裡，成了夜明珠。……」

「你咷嘴！我不信那小姑娘就不去撈回嗎？……」她輕輕地打著我的手臂。

「誰說不是。一天小姑娘去與蚌王后交涉的時候，蚌王后說：『這也可以，倘若你把你的眼珠挖給我，我便還你那夜明珠。』小姑娘著急了，便哭起來。哪知她這一哭，一滴一滴的淚珠全滴入海中，那些蚌王后手下的蚌宮娥，蚌公主等，都各人將這位小姑娘的淚珠拾起，懸在屋子裡，也都成了些小夜明珠，珠光照耀著全個的海，連海水都通明了。小姑娘這才明白過來，咬著牙道：『早知這樣，我連一滴眼淚都不掉下來的。』」

她初時正用花絹抹著眼角，聽這段故事聽完了，她便將花絹一丟說：「你真會！……」說著便要堵我的嘴，我便握著她的手道：

「說笑話呢。不，你又要哭了，我又不是蚌王后。……」

她便幽幽地強笑了一笑，重復半倒在床上，她那腰下的紗衣摺起，她也不管。

傍晚的海風由窗幕的紗紋中吹過，分外清爽。將床頭上的茉莉花穿成的發押的濃烈香味散開，滿屋子裡全是花香了。她終是不歡，躺在床上，我也無聊地只靜靜聽窗外喊賣「愛司光來姆」的聲音。案上的帶翅子的安琪兒式的小金鐘，不遲不快地走著，除此外只聽得隔室的笑語聲了。我便將頭靠在軟枕上，握住她的左手，沒得話說。

「你幾歲來的？……」忽然我有了問話的材料了，在這個幽沉的時間裡。

「七歲吧！記不甚清楚了，總是在這種年紀。」

「你是由哪裡來的？家呢？」

「是T地方……」她似乎更觸動鄉思了，這句話答得沉重而微細。

「噯！還是鄉親呢……你家裡還有什麼人？……」

「管呢，有爹，有媽，有兄弟！……」

我便不再敢往下問她了，其實也是不願再往下追問！我在這片刻中只覺得一陣淒切的心思，將一切滅卻，執她手的右手，也有點微顫。

沉寂了一時，反是她坐起來，用手掠了掠額髮道：「你看我養媽要去當尼姑呢！她說是看破了，什麼也不願意，只要我能養活她，她便在家修行。……」

「為什麼修行要在家裡？」

「她說到山裡，或是縣裡的尼庵中去，更不清靜。那些姑子們橫豎夜裡不在家，她去過的便又回來了。所以要這樣，誰知道她是有什麼心思？昨天發落了我半夜，嫌我待她不好！……」

「你也別太糟塌自己了！還是先忍耐些，你養媽容易將你養這麼大，恐怕她也不肯虐待你！……你還小呢！」

「鬼混！……我一心想學戲，你聽過碧雲霞嗎？……上次來這裡唱，我天天去，我看學好了戲真自在……」

「你不是學過嗎？」

「那不成，那不過是念著詞隨便喊幾回兒，還沒有上胡琴呢。……」

我們又沒有什麼話再說。她的頭靠在我的肩胛下面，我覺得蕩熱。她有一雙明麗的眼波，與彎秀的雙眉；但在眉際中隱含著不盡的淒涼與感懷。我正在端詳著她，她也時時向我轉盼。

驀地竹簾響了一響，進來了一個二十六七歲的婦人：短短的身材，流利的眼光，白白的皮膚，這便是她的養媽了。她進來時，一邊口裡喊著：

「笑鳳不要任性，看爺多好！……爺，你瞧這個孩子只是執謬呢，可是有好心眼，不會照應。……」

我便起來與她照應了一會，不久那屋子中的張君與王君都過來了，又不久在燈光下我便同他們走出。

「再來呀！」笑鳳也照例地說了這一句，但她卻低頭進去了。

我獨自走在海泊路的石坡上，淡月流銀，照著道旁的樹影。回頭下望，隱約中還看得見黃昏後的海光。但我走得太慢，心上如同有點事懸著，看見月亮青白色的光，如同作世界上一切哀思的象徵似的。直待到大禮拜堂的鐘聲敲過十點，我方懶懶地從海濱的小路上踱回我的寓所去。

秋林晚步

「枯桑葉易零，疲客心易驚！今茲亦何早，已聞絡緯鳴。回風滅且起，卷蓬息復征。……百物方蕭瑟，坐嘆從此生！」

中國文人以「秋」為肅殺淒涼的節季，所以天高日回，煙霏雲斂的話，常常在詩文中可以讀到。實在由一個豐縟的盛夏，轉到深秋，便易覺到蕭淒之感。登山臨水，偶然看見清脫的峰巒，澄明的潭水，或者一隻遠飛的孤雁，一片墮地的紅葉……這須與中的間隔，便有「物謝歲微」，撫賞怨情的滋味，充滿心頭！因為那凋零的，掃落的，騷殺的，冷靜的景物，自然地搖落，是淒零的聲，灰淡淡的色，能夠使你彈琴沒有諧調，飲酒失卻歡情。

「春」以花豔，「夏」以葉鮮，說到「秋」來，便不能不以林顯了。花欲其嬌麗，葉欲其密茂，而林則以疏，以落而愈顯。茂林，密林，叢林，固然是令人有蒼蒼翳翳之感，然而究不如禿枯的林木，在那些曲徑之旁，飛蓬之下，分外有詩意，有異感。疏枝，霜葉之上，有高蒼而帶有灰色而目的晴空，有絡緯，螻蛄以及不知名的秋蟲淒鳴在林下。或者是天寒荒野，或者是日暮清溪，在這種地方偶然經過，楓，樅，白楊的挺立，樸疏小樹的疲舞，加上一聲兩聲的昏鴉，寒蟲，你如果到那裡，便自然易生淒寥的感動。常想人類的感覺難加以詳密的分析；即有分析也不過是物質上的說明，難得將精神的分化說個詳盡。從前見太侔與人信中說：心理學家多少年的苦心的發明，恒不抵文學家一語道破……所以象為時令及景物的變化，而能化及人的微妙的感覺，這非容易說明的。實感的精妙處，實非言語學問所能說得出，解得透。心與物的應感，時既不同，人人也不相似。「撫己忽自笑，沉吟為誰故？」即合起古今來的詩人，又哪一個能夠說得毫無執礙呢？

還是向秋林下作一遲回的尋思吧。是在一抹的密雲之後，露出淡赭色的峰巒，那裡有陂陀的斜徑，由蕭疏的林中穿過。矯立的松柏，半落葉子的杉樹，以及幾行待髡的秋柳……那亂石清流邊，一個人兒獨自在林下徘徊。天色是淡黃的，為落日斜映，現出淒迷朦朧的景象，不問便知是已近黃昏了。……這已近黃昏的秋林獨步，像是一片淒清的音樂由空中流出。

「殘陽已下，涼風東升，偶步疏林，落葉隨風作響，如訴其不勝秋寒者！……」

這空中的畫幅的作者，明明用詩的散文告訴我們秋林下的幽趣，與人的密感。遠天下的鳴鴻，秋原上的枯草，正可與這秋林中的獨行者相慰寂寞。

秋之淒戾，晚之默對，如果那是個易感的詩人，他的清淚當潸然滴上襟袖；如果他是個少年，對此疏林中的瞑色，便又在冥茫之下生出惆悵的心思。在這時所有的生動，激憤，憂切，合成一個密點的網子，融化在這秋晚的憧憬的景物之中。拾不起的，剪不斷的，丟不下的，只有淒淒的微感；……這微感卻正是詩人心中的靈明的火焰！它雖不能燒卻野草，使之燎原，然而那無憑的，空虛的感動，已竟在暮色清寥中，將此奇祕的宇宙，融化成一個原始的中心。

一切精微感覺的迫壓我們，只有「不勝」二字足以代表。若使完全容納在心中，便無復洋溢有餘的尋思：若使它隔得我們遠遠的，至多也不過如看風景畫片值得一句讚嘆。然而身在實感之中，又若「不勝」，於是他不能自禁，也不能想好法來安排了。落葉如「不勝」秋寒，而落葉林下的人兒，恐怕也覺得「不勝秋」了！況且那令人眷念悵尋的黃昏，又加上一層凋零的騷殺的意味呢！

真的，這一幅小小的繪畫，將我的冥思引起。疏言畫成贈我，又值此初秋，令人坐對著畫兒，遙聽著海邊的落葉聲，焉能不有一點莫能言說的惆悵！

《子愷畫集》之一頁

我們的青春漸漸似流水般地逝去，這在一般憧憬於青春享樂的人已經覺得是莫可言說的悲傷！誠然「朝露易晞華葉先凋」的預感，由物體的變化，聯結到自己傷逝的心情，容易使人有說不出悔不及滋味，但青春究竟曾遺留於我們以追念的幻影，與熱情的夢痕；這過去的經驗多分是有自作的主張，主觀的追求，雖然有幾個人在花初開月未圓的可寶愛的時期裡不是衝突，混淆，隨意想摘碧空中的星星，想尋覓大海中的珍寶？錯誤不能免，激劇不能免，忽願升天忽而墜地也不能免，至如狂歡大笑，沉醉，放言，更是青年的心理與生理的自然現象。這在我們從過去的經驗中可以略知其中趣味。回想起來只不過是「當時見慣渾閒事，過後思量盡可憐」而已！（恕我！說這樣多少帶有頹廢氣的話。）若再追溯到童年呢，相形之下還不是如同「海上三山可望而不可即」，模模糊糊地經過一瞬即逝的心情，那不管不顧，無人無我（自然這話也有些界限）的意味，我們試一回思當作何等觀！恢復不能，感慨不對，追悔大可不必，與青春的光景相比更當如何？

它還有自動的沖發的意志，還有專為的啟發的情緒，而童年呢，紙樣的白，水樣的清，冰樣的透明；月移花影風流浮雲的自然意趣，與有所為而為的青春相去還遠呢。不要說與「哀樂易感的中年」相提並論，真有碧霄與黃土的距離。

常聽見所謂詩人的回思的歌聲，常聽見老人訴說幼小的故事，但過去的究竟須付諸東流，是一個莫可挽回的損失。而人的靈性卻總拋不下已往的惆悵與躊躇！我們的童年的玫瑰色的光陰早已與現在紛擾困忙的生活隔離了，去遠了！真的，使你終天的如同追戀的回憶，使你終夜如同中了愛箭的尋思，所遺留的有些什麼，不過是心頭上莫名的淒惋而已！

假使我們自己不自以為是忙於生活的人；是盲目的探求，那不可知的知識的人；更不要以為我是學者，志士，時代的先驅，了不起的文藝家（算了，這些話說來也夠乏味了！）那麼，你把你沉浸於欲的希求，蒙蔽於知的憧憬的心，與你的或鄰人的幼兒的心合而為一，去鑒照，去尋求那一種純粹天真的靈感，坦白自然的趣味，你將有什麼解語？

一本《子愷畫集》在鋪了藍毯的案頭平放著，亂置的書冊，筆墨，各在無秩序中靜默著，以待主人的慰問。春之涼月將清輝由玻窗外的松影射來，這山峰，這柵欄，這下面的無量數的燈光，全給蒙上了一層暈黃的薄霧。晚飯過了，幽靜的馬路上時而聽得到一聲兩聲的犬吠，遠處一陣隆隆的鐵輪音從燈火的繁光中透過，接著便是汽笛的尖叫，與喧雜的人語。

「晚上的火車來了……來了。」在小屋子中淡綠的電燈下發出了婦女的語聲。

「火車……火……車！」在穿了藍薄絨長袍的婦人臂上才三歲的男孩，握著充實的拳頭用咬不十分準確的音，也學著這樣說。

「你看！……小乖！這本什麼書？」在椅上坐著一位姑娘，這時隨手從書桌將《子愷畫集》取來，引誘地向著孩子說。

「你看……我要看……看！……」孩子在母親臂上搖動而急切地促語。

「什麼來？」

「爸爸……不在家……亂抹擦……啊！……」孩子小小的兩頰現出新發現的笑容。兩個黑白分清的瞳子，也生出急遽的切要的尋求的光輝。

於是滿屋的人，母親，姑姑，以及正在洗小襪的老媽，都一齊笑聲大縱，孩子更是嘻嘻地張開小嘴切望著書本。

於是從姑姑手中將很厚的黃色紙一頁一頁地揭過，驟然出現了常是佔據小小的心的那一張；滿架的書，前面一張書案上一個孩子正在用左手握住毛筆，右手壓住紙角在那裡創造他的生命，他的精神與興趣，他的嗜好與能力，他的整個的調諧的靈魂，全安在那不知名的筆墨上，他沒有看書架上那些琳琅奇祕的書冊，他沒有明白這是潔白無垢的紙張，這一剎那，他在歡欣，尋求，創始，否；他在陶醉於自我的發現！什麼奧義深理，什麼警幻奇言，以及宇宙的一切永存都抵換不過他這短促的一時的欲與求。

這是這家庭中新近的一段有趣的故事，這本有趣味的畫冊作了大家取笑的中心，自然在這家不十分寒傖的屋子裡，有不少的古董畫，風景畫，以及山水人物的精雅印冊，甚至於牆上有時裝美人，雜誌上的名流印片，但這孩子對於那些在「大人」以為又以時時玩賞的畫類，不過是偶然的閱覽。絕沒有繫懷的心情，有時強引起他的注意，正如不知物理試驗的叫他去參觀物理器械，只感到新奇可喜，因為注意力不集中，一會也就索然無味了。但在這本畫冊裡有的是兒童的世界，除卻一部分人世間的生活片段的寫影之外，多半是兒童中心的眼前生趣的重演。白玉霜在小小的尖指上辨別甜快與辛苦；麻雀牌在案上建立起簡單的構形；芭蕉扇上創造出了藝術的推行；凳子腿上驟添了兩隻（比人的腳）穿鞋子的象形物，當「大人」們一覽過後，付了一笑的時間，這真純的喜悅與小天地中自我生活的對比，給予小兒童們以何等的趣味！可憐我們的生活：軋軋的機械；雨淋風打的蓑笠；五光十色的都市街道上的馳突，講堂上寫字間中鉛畫與算碼的躊躇；更大的，繁雜的，淒慘的與哄動的鐵與血的交拼，金錢的懷抱與淫欲的攫取；不值一文的虛妄的名望與相斫相食的歷史。我們為生活驅迫與壓榨中的煩苦的人類年齡飛逝，何曾有一點點赤子之心曾向幼兒生活中尋獲得安慰與樂趣！我們再看那常常開點玩笑的阿麗思，常是撥動兒童心弦的安徒生！他的人物與題材，多少令我們神往！真的啊，它不過令我們神往而已！（還要注意在所謂「大人」中為此而神往的能有多少？）

先得向大家請罪，我不是來寫小說，這在開篇的一大套楔子裡早已交代清楚，在這兒只好學一學「且敘且議」的體裁，因為單獨的描寫表達不出我中心的實感，故此又插入一段「閒話」，且恕我性急！

可以說是「言歸正傳」了。

自從這本畫冊為這三歲的孩子發現之後，於是全家中有了與孩子逗笑的資料。就在這燈明風動的海畔黃昏後，他的姑姑又故意將書合起，向他道：

「爸爸……不在家……怎麼呢？怎麼？小乖！小乖！」

孩子在母親臂上紅胖的雙頰立時展開從容的凝笑（這自造的字眼不是立異，卻覺得確有所見。），嘴角邊折下了兩個微窩，吃吃地說：「爸爸不在家……亂抹擦……噢！……」

原來那頁畫上的標題「爸爸不在的時候」，末後的三字自然是家中人的添續，說出這文章所含蘊的表現。他卻用學語的方術得了這個乖，而且「抹擦」就是塗抹二字的土音，在意思上對於他是不用訓詁與箋釋，因為以前他有在爸爸案邊奪過毛筆去畫於薄磅紙上的經驗。生活是經驗的連續，原用不到將生活的一部以為神奇莫測難語於庸愚。（又來了——議論）慣於在機場的勞工自會修理細密的機械，慣於弄筆桿的先生們自會「海闊天空古今中外」，其實還有什麼了不起！我的技能你一生也學不會，可是你的呢？在我只好，「呸！與我是『風馬牛』啊！」然而也要分習慣與自然，這才真正是生活的奇妙！

在幾個人的笑聲中姑姑又問了：「爸爸呢？上哪兒去了？」是指著這畫中的句子說。

他不假思索地回答：「爸爸……上滙泉去了。」在他以為直捷爽快得了不得，比起應大學卒業的考試所答的問題還要精確。

即時大家笑得彎了腰，眼淚濕了衣袖。

他茫然四顧，又看看畫中的小人兒。

真與妄，性與偽，直接與彎回，主觀與客觀，從何決定？從何去取！見色即空，見空即色，多少人說是禪門的野狐派的口語，去真存妄，執妄成真，又有什麼可以為我們的範疇，當初康得把空間與它的內涵分開，他論美學時曾推究出，「給空間以離開它的內涵而獨立地存在。」於是「外展」二字成了頗難對付的一個哲學上的小題目。他不贊成把「外展」看做一種抽象，認定其為綜合幾多感覺的結果。但我們的意想從空間中取出來的那些內涵如何打發它們自己回去？於是想出了這須由於心的積極參加，把多量數的原子融合在一個單一的組織內，卻全憑了執行這個綜合工作的心。所以我們要來和兩種不同的發生關係；一種是翻新的，即各種感覺著的性質，一種是一色的，即空間。這第二種為人類清清楚楚悟得的，使得我們能用劃得很清的差別相，能計數，能抽象，大概還能言說。

不是我沒字作文章甘心去抄哲學家有意刁難的顛倒言論（如果我願多抄還有佛家的經典）。單從兒童心理上加以推測，自然是大家所熟知，除卻這點心理屬於兒童外，還有我們共有的對於感與知的一貫性的問題。這心的積極參加，即在赤子何嘗減少於「大人」也者；但話又說回了，這經驗的付與多寡判別了人生知識的淺深。直覺是人身體與心靈活動的「開步」，它在兒童的心版上說「模糊一片」固然對勁，說「一往情深」也還有份。能從「不在家」想到「匯泉」，這不是虛妄，正是自我經驗的確切組織，正在外展的不可移易的明證。這其中有記憶，有想聯，有判然，正是一串的觀念的構成，是清明的意識狀態的發展。

止住吧，有類於考求心理學的術語。（又是一段。）

模仿便是極活潑的本能表現，這孩子常常每當臨睡前疊起被子扶了床欄學坐洋車；挾著畫本當作書包；拿著小杯子學大人吃茶；尤其是學帶眼鏡。有副從華德泰廉價買來的黑色薄目鏡（五毛），成了他唯一的嗜好，掛在耳朵與帽子上悠然四顧（絕不是徬徨），以為發現了一重天地。

這正是兒童的心，是發現，是模仿，是直覺，是創造的生活，每個幼兒都一樣，並不是奇跡。

像是作文，言性言情，描寫與敘述，暫且完了，要來一個「回顧前文」。就是現在的我們呢？這紙樣的白；水樣的清；冰樣的透明；月移花影風流浮雲的自然意趣，我們甘心（又一個甘心）讓給孩子們了！

可是生活在一邊喊了，「且住！不怕你不讓！」這使我們不僅是悵然，而且是悚然了！

本來想正經地作篇幼兒心理之研究的文字，不知何故下筆以後便寫得不倫不類。作了一千字後就放在一邊，又續作一次，越說越變成四不像了。自覺有點寒傖，已寫成又沒法改，而且與原來的題目相去更遠，便只好有違初意，改成這樣的一個題。

林語

夜，在秋之開始的黑暗中，清冷的風由海灘上掠過，輕忽地振動他們的弱體。初覺到蕭殺與淒涼的傳布，雖然還是穿著他們的盛年的綠衣，而警告的清音卻已在山麓，郊原，海岸上到處散布著消息。

連綿矗立的峰巒，與蜿蜒崎嶇的澗壑，巨石與曲流中間疏落而回環地立著多少樹木。不是一望無際的廣大森林，卻是不可數計與不能一一被遊山的人指出名字的植物。最奇異的是紅鱗的松，與參天般的巨柏，挺立著，夭矯著，伏臥著，仰倚著，在這不多見行人足跡的山中，但當傳了秋節來的清風穿過時，他們卻清切地聽到彼此的嘆息。

黑暗中，
只有空際閃閃的星光，
與石邊草中的幾聲蟲鳴。

這奇偉的自然並沒有沉睡，它在夜中仍然搖撼著萬物的睡籃，要他們做著和平的夢；但白日給他們的刺激與觸動過多了，他們擔心著不遠的將來是幸福還是災害？他們相互低語著他們的「或然的知識」，由消息的傳達便驅去了夢，並且消滅了他們的和平。

夜，不遠的波浪在暗中掙扎著因奮鬥而來的呻吟，時而高壯，時而低沉，似奏著全世界的進行曲。

夜幕罩住了萬物，都在暗中滋生，繁榮，並且競爭與退化著。從森密的叢中微閃出一線的亮光，是「水界的眼睛」誘惑著他們作自世界遠處的縱眺，那水界轉動它的眼波，圍繞著地母的全身沒有一刻的停息。

幽暗中微風吹掠著叢樹的頭頂，他們被水界的眼睛眩惑著，不能睡眠，便互相低語。

「秋的使者來了！繁盛與凋零在我們算得什麼呢？一年一年的剝削，是自然的權威。可憐的是我們究竟只是會挺立在這個枯乾冷靜的世界裡，沒有力量同人類似的可以避免這節候的剝削……」一棵最老的檜樹首先嘆息著。

「啊啊！老人！你沒有力量卻欣羨人類麼？那可還有存留的智慧在你的記憶力裡。這是聽過我們遠的，很遠的祖先告訴過的，噯！什麼歷史？全是安慰人們心理的符籙罷了！哪裡曾給告訴過這是真實？沒有呵！他們說：人們在這個世界至少有兩個十萬年了，這仍然是猜測誇大的誑語。但我們呢？我們才是宇宙萬物的祖先，我們的功勞，我們沉默的工作，都是為了能動的物類保護，營養，借予他們的利益。不多說了，這是悲慘的紀錄！老人，總之，我們是只有智慧而缺少力量了，我們是只能服務而不取報償。但……」山中特產的銀杏搖著全身的小扇，顫顫地與檜老人相問答。

「但人類對於我們的看待呢？……」一棵稚松在地上跳躍著問。

檜老人慘然地嘆聲：「人類看待我們，比自然，比自然還要威嚴。自然是輪回的，人類卻是巧妙而強硬的剝奪。他們忘了他們還是長臉嘴與周身披毛的時代了！也是野獸一樣，與一切的動物單為了食物而爭殺。他們到現在自稱為靈明的優異的東西了，可是沒有我們的身體當初作他們的武器，沒有我們身上的火種，他們永遠只能吃帶血的與不熟的食物。至於以後的進化，自然是沒有的。他們擷取了我們的智慧，卻永遠使我們作了沉默的奴隸。噯！嚴厲與自私，這是人類的歷史！」

左右的老樹，因為直立的日月太多了，都俯著首應和著老檜的傷怨的嘆息。

「你為什麼這樣咒詛呢？以前就聽過常常說起。」生意茁壯的稚松申述它的懷疑。

「年輕的孩子！老人是好靜默的，將一切過去的印象永遠地印在心裡，他不願意重行印出。他為經驗所困苦，所以容易慨嘆；他的智慧已侵蝕了他青年的力量，只留下透明的軀體。人間不是有一些教訓麼？說老年是衰退，其實力量的減少任什麼都是一樣。像我自然是爐火的餘灰，不過這一無力量的餘灰卻是造成後來生命的根本。這話太笨了，總之，你以為我以前不常說這些話便認為奇怪，但是如同我一樣年紀的他們便覺得不足奇怪了。我與同年紀的人都是常在沉默中彼此了解，偶然的嘆息是可以證明各個的心意。話，本是不得已才用的呆笨的記號，因為又當這一次時令的使者的消息傳到，便在你們的不知經驗的面前說到人類——說到人類，我的詛恨竟不能免卻，這實在沒有十分修養的性質。……」

「不，老祖父，你能詛恨便可以把它擴充到全世界中我們的同類，教給我們年輕的兄弟們，這便有力量了！」一棵更稚弱的杉樹傲然地插語。

「那只是空言，只是空言罷了。你們想由詛恨而抵抗人類的殘暴；想恢復你們的祖先借予人類的力量；想作自然的征服；想伸展你們的自由？孩子！你們的力量還不充分……即使充分，你們沒有估計你們的智慧的薄弱，所以是空想啊！」索索顫抖的老銀杏語音上有些恐怖。

「不！聯合與一致是力量，也是智慧。」小松樹簡捷反抗的話。

「這真是孩子話，足以證明你的智慧的淺陋。你先要知道我們也如其他的生物一樣，受有祖宗的血的遺傳，有自然的感應的器官，也有永遠不可變易的性質。所以這力量與智慧是一定的，是自然命運的支配。你想借那點出處的智慧要指揮——或者聯合同類的動作想反抗自然與人類，這是希望，但不是力量；是想像中的花朵，不是戰爭中的手與武器。我們在年輕如你們的時代也曾這樣深切地想著。」一年紀最老的古檜又懇切地說了。

左右圍列的老樹都淒切地發出同一的嘆息。

那些幼弱的稚嫩的富有生意的小樹木，也在老樹的下面低低地爭辯，獨有挺生的小杉樹仍然反抗道：「老祖父，你是在講論你的哲理，哲理是由經驗集成的，是時序與材料的疊積，從這裡生出了觀念與忖度。這在為時間淹沒過的人間是藉以消磨他們的無聊的歲月的辯證，但在我們的族屬中又何須呢？尤其是我們這些迸出地上面不久的孩子，我們不是專為了呆笨的人類犧牲了身體為他們取得火種，也不是如同那些麥穀類的同宗兄弟經人類的祖先殷勤培植後，卻為的是飽他們的口腹。——但，老祖父，我們的末運卻更壞了！倒處在荒山幽谷的，也不能脫卻了人類的厄害，他們用種種苛酷的刑法斬伐了我們的肢體，卻來供他們的文明的點綴。我們不力求自由，即須作他們的榨取者，至少，我們應該有詛恨的力量！我們沒有武器，也沒有智慧麼？沒有智慧，也沒有力量麼？久遠的低頭我們便成了代代是被剝削的奴隸。你，想我們怎麼曾有負於人類呢？」

這是有力的申訴，多少年青的樹木都引起喝嘯的讚美之音，山谷中有淒風的酬和。老樹們沉默……沉默，清夜的露水沿著他們的將近枯落的葉子落下，如同無力的幽泣。

「我們要求我們力量的聯合，去洗滌我們先代的恥辱！」年青的樹木因為小杉的提論，得到力之鼓舞，他們的心意全被投到遼遠的願望之中，想與不易抵抗的人類的智慧作一聯合的反叛。

海岸邊湧起的波濤，前消後繼地向上奪爭，又如同唱著催迫他們的進行曲。

悼志摩

九月二十號的早上我看見報紙上的志摩的死耗，當時覺得這件事過於離奇突兀了，也如他的別的友人一樣的不相信。但這個重大的消息卻在我的心頭上迫壓了一日。第二日探不到什麼，又過了一日報上說北平有人去照料他的屍體，運柩南下，我才確定志摩真從火星煙霧中墮下來，把他的生命交還「那理想的天庭」，「永遠辭別了人間」。那幾個晚上我總覺得心緒不能寧貼，不自制地便想到他在空中翱翔的興致，想到他正尋求著詩料，浮動著幻想中忽然被急劇的震動，爆炸的聲響，猛烈的火焰迅疾地翻墮在蒼空中，斷絕了他的最後呼吸時的慘狀。他是呼，是抖擻，是拘攣地伸縮他的肢體？還是安然地死去？也許他最後的靈明可以使得他在那極短促迅速的時間中能回念一切？或解脫一切，忘卻了「春戀，人生的惶惑與悲哀，惆悵與短促」？更不管顧火灼與傷殘肢肉的痛苦，只是向上望著「一條金色的光痕」？明知這都是無益的尋思，永遠找不到明證的妄念，然而我的心偏在這些虛幻的構圖上搏動。

我十分後悔，沒往濟南去看看他的蓋棺時的面容：因為初得消息的兩天疑惑是訛傳，又沒想到他的屍體運到濟南裝殮，及至得到確信後已遲一日，去也來不及了！

志摩的詩歌，散文，以及各種的著作，不止在他死後方有定評，現在有些人已經談過了。至於他的為人，性情，思想，尤其是許多朋友所深念不忘的，並非所謂「蓋棺論定」，以我與他相處的經過，我敢說那些「孩子似的天真，他對人的同情，和藹，無機心，寬容一切」的話，絕不是過多的讚美。本來一個理想很高，才思飄逸的詩人，即使他的性情有些古怪偏僻也並不因此失卻他的詩人化的人格，但志摩卻能兼斯二者。他追求美，追求愛，追求美麗，痛惡一切的虛偽，傾軋，偏狹，平凡，然而他對於朋友，對於青年，對各樣的人，都有一份真摯的同情。凡是與他相熟的，誰也要說他是「一位最可交的朋友」。若不是具有十分純潔的天真與誠篤溫柔的心哪能這樣。愈因為他是聰明的詩人，能以使人願意接近，死後使人不止從他的詩情上痛悼，這正是志摩的特異之處。我自知道他死去的確信後我總覺得為中國文壇上悼念的關係居其半，而為真正的友情上也居其半。

這幾年中我與他相會時太少，自然是我住的地方偏僻了，也是他的生活無定，偶然的到一處找他殊不容易。他自從十五年後作的文字比較的少了，而作品也不似以前的豐麗活潑。我想這是年齡與環境的關係使然，然而無論是詩是散文，在字裡行間我們確能看得出他是逐漸地添上了些憂鬱的心痕與淒唱的餘音。對於他的自由自在的靈魂上，這是些不易解脫的桎梏，不過在他的著作中卻另轉入一個前途頗長的路徑，到了深沉嚴重的境界。以他的思想，風格，加上後來的人生的鍛煉，我相信十年後（怕不用這些年歲）他將輕視他以前的巧麗，輕盈與繁豔（自然他有他的深刻嚴重之處），他將更進一步的人生的意趣與理想贈予我們。所以在志摩的本身上看，這樣不平凡的死：這樣「萬古雲霄一羽毛」的死法，誠然是有他自己死的精神，但在他的文藝上的造就上想無論國內的哪一派的文人，誰也得從良心上說一聲「可惜」！

我認識志摩是九年以前的事了。他那時由歐洲回來，住在北京。有一次瞿菊農向我說：「我給你介紹見一個怪人——志摩」，那時我已讀過他的一兩篇文字，我尤其欣賞那篇弔曼殊斐兒的文筆淒豔。後來我們在中央公園見面了。那時正是四月中的天氣，來今雨軒前面的牡丹還留著未落的花瓣，我們約有七八個人在花壇東面幾間小房子開什麼會，會畢還照相。當大家在草地上遊散預備拍照的時候，志摩從松蔭下走來，一件青呢夾袍，一條細手杖，右肩上斜掛著一個小攝影盒子。菊農把他叫住想請他加入拍照，他笑了笑道：「Nonsense」，轉身便向北面跑去。大家都笑了，覺得這人頗有意趣，不一會他已經轉了一個圈子又回到我們談話的那裡。我與他方得第一次的交談，日久了，總覺得他的活潑的興致，天真的趣味，不要說與他相談，即使在一旁聽他與別人談天也令人感到非常活潑生動。

他往遊濟南時正當炎夏。他的興致真好，晚上九點多了，他一定要我領他去吃黃河鯉，時間晚了，好容易去吃過了，我實在覺得那微帶泥土氣息的鯉魚沒有什麼異味，也許他是不常吃罷，雖像是不曾滿足他的食欲上的幻想，卻也嘖嘖稱讚說：「大約是時候久了，若鮮的一定還可口！」飯後十點半了，他又要去逛大明湖。因為這一夜的月亮特別的清明，從城外跑到鵲華橋已是費了半個鐘頭，及至小船蕩入蘆葦荷蓋的叢中去時已快近半夜。那時虛空中只有銀月的清輝，湖上已沒有很多的遊人，間或從湖畔的樓上吹出一兩聲的笛韻，還有船板拖著厚密的蘆葉索索地響。志摩臥在船上仰看著疏星明月口裡隨意說幾句話，誰能知道這位詩人在那樣的景物中想些什麼？不過他那種興致飛動的神氣，我至今記起來如在目前。

從種種細微的舉動上，越發能夠明瞭他的志趣與他的胸襟。記得我們往遊泰山的時候，清早上踏著草徑中的清露，幾乘山轎子把我們抬上去，走了一半，我們一同跳下來，只穿著小衫褲向陡峻的盤路上爭著跑。跑不多時，志摩便從山壁上去採那一種不知名的紅豔的野花。他漸漸地不走盤道了，一個人當先從峭壁上斜踏著大石往前去，他還向我們招手，意思說：來，來，敢冒險的我們要另辟一條路徑！我同菊農也追上去，然而這冒險的路是不容易走的，沒有石級，沒有可以攀援的樹木，全是突兀的石尖，刺衣的荊棘，上面又有毒熱的太陽蒸炙著，沒有一點蔭蔽。別的人都喊著我們：「下來，快回來！這不是玩的！」連走慣了山路的轎夫也喊「從那邊走不上去，沒有路呀！」志摩在前面很興奮地走，並不回答，上去了幾丈，更難走，其結果菊農先退下來，我也沒有勇氣了，回到盤道上面。我們眼看著志摩，從容地轉過一個險高的山尖，便看不見他了。一些人都說危險危險！然而這時即使用力地喊叫他也聽不見了，及我們乘轎子到了玉皇頂時，可巧他從那本是無路可上的山頂上也轉了過來，我們不禁搖頭佩服他的勇氣！

泰山上的清晨與薄暮的光景，凡是到過的我想誰也讚美這大自然的偉大奇麗。尤其是夕陽西墜的絢彩。在泰山絕項上觀日出是驚奇，閃爍，豔麗；日落呢，卻是深沉，迷蕩，靜息與散澹。那一片的美麗的雲彩，吞吐著一個懸落的金球，在我們的足下，在無盡的平原的低處，他是戀戀著這已去未盡的時間，是輝耀著他的將散失的光明，那真是一幅不能描繪的圖畫。就在那時，志摩同我們披了棉衣（山上太冷了）在山頂上的晚風中靜立著眺望，誰都不說什麼。忽然他又得了他的詩人的啟示，跑向盡西面一塊斜面平滑的大石上蹲下身子，要往下爬去。泰山的絕頂是多高！除卻山前面的石級之外，其他是沒有正道的，那塊大石的下面盡是向下斜出的石尖，若墜了下去恐怕來不及揪住一條藤葛，便直沉澗底。這可不比向上去爬山路，所以誰也說不可上去，石面太滑了。志摩卻是天生好冒險好尋求他的理想境界的人，他居然從上面慢慢地蹲上去，坐下，後來簡直臥在上面，高喊著「勝利」。我們在一旁實在替他捏一把汗，然而他究竟能以在絕壁的滑面大石上臥看落日，償足他的好奇的興趣，這正是：

「原是你的本分，野山人的脛踝，
這荊棘的傷痛！
且緩撫摩你的肢體，你的止境

還遠在那白雲環拱處的山嶺！」

也是：「是動，不論是什麼性質，就是我的興趣，我的靈感。是動就會催決我的呼吸，加添我的生命。」

志摩的這類句子的確是他自己的真感，理想，他的個性的揮發。我特地記下上面的幾件小事來為他的詩句作注解。凡與他常處的朋友誰也能從他的不羈，活潑，勇往，與無論如何想實現其理想的性格上看得出來。至於他的無機心與孩子般的純篤，已經他人說過，可以不多提了。

我相信一個真正的詩人，無論他的作品是冰塊是荊針，是毒藥，是血汁，總之他的心沒有一個不是有豐厚的同情，與理想的境界的追求的。志摩在文學方面的成績；如創造相當的形式選擇美麗的字句，這些工作都不是志摩得人同情的重要原因。他是誠懇地用種種方法訴說出他自己的願望，思想，情感，自然，每一個文人都應如此，然而他的明快，與他的爽利，活潑的個性，表現在詩歌散文裡更容易使人體察得到。因為同情的豐厚，所以任何微末的事物都易引起他的關念，幻想，一點點風景的幽麗，足以值得他歡喜讚嘆。一個詩人不止在這上面可以發展他的天才，然而根本上連這點點的真實都沒有，如何能以寫詩？有的詩人（不論新與舊）只是走狹隘的一路，欣悅自然的變化，忘卻了人生的糾紛，有的又止著眼於實地的生活，缺少了靈奇微妙的幽感。志摩的詩是否在新詩中達到最成功的地步不必講，然而我們打開他的三本詩集看去，是不是能將「靈海中嘯響著偉大的波濤」與「幾張油紙」「三升米燒頓飯的事」，並合成一團動人的真感，印在讀者的心頭？姑無論他的風格，他的幻想的豐富，即此一點也足以成就他是「一位心最廣而且最有希望的新詩人」了。

關於他的其他的追念不必多述了，我只記得十二年的春日我到石虎胡同，他將新譯的拜倫的「On This Day Complete My Thirty-Six Year」一首詩給我看，他自己很高興地讀給我聽。想不到他也在三十六歲上死在党家莊的山下！他的死比起英國的三個少年詩人都死得慘，死得突兀！我回想那時光景不禁在膠擾的人生中感到生與死的無常！但他的死正是火光中爆開的一朵青蓮，大海中翻騰起來的白浪，暴風雨中的一片彩虹的現影，足以在他的三十六年的生活史上添一層淒麗的閃光。他永遠去追求「無窮的無窮」，永遠「在轉瞬間消滅了蹤影」，永遠「不穩在生命的道上感受孤立的恐慌」，然而這層淒麗的閃光卻也永遠在他的朋友們的心中躍動！

（志摩在這危急淒慘的大時代中掉頭不顧地去了，為他寫點追悼的文字，真有把筆茫然之感！今略記其一二小事，以見他的獨特的性格，恕我暫時不能作更長的文字。）

我讀小說與寫小說的經過

記得我最早學看小說是在十歲的那一年。父親那時已經故去了三個年頭，家中關於小說這類的「閒書」，母親都裝了箱子高高地擱起來。書房裡除了木板的經，史，與文章，詩歌，說文，字典之外，沒有別的有興趣的書籍。因為自五六歲時好聽家中的老僕婦，乳媽，與別人講些片段的《西遊記》《封神演義》上的故事，尤其是在夏夜的星星下與冬晚的燈下，只要是聽人說些怪異的事，縱然害怕，情願蒙頭睡覺，卻覺得有深長的興味。當時有個五十多歲的老瞽者，他姓王，能夠彈三弦，唱八角鼓，又在那些讀書的人家裡聽來，記得許多《綱鑒》上的事蹟，《聊齋》上的故事差不多每篇都說得來，甚至其中的文言他也學會一些。每年中他到我家幾次，唱唱書之外，我同姊妹們便催著他講故事，他有酒癮，只要是喝過二兩白乾之後，不催他說他也存不住。於是那些狐鬼的故事我聽說得最早。小孩子的好奇與恐怖的心理時時矛盾著，愈怕人的愈願意聽，可是往往聽了臨睡時看見牆角門後的黑影都喊著怕！及至認得一些字後，知道這些奇怪事書本上有記載著的，家中找不到這類的書，便託人借看以滿足幼稚的好奇心。那時給我家經管田地事務的張老先生的大兒子對我說，他有一部全的《封神》，我十分欣羨，連疊著催他由家中取來。後來他把這部九本的——正缺了末一本鉛字排印的小說送給我，從此我便添了一種嗜好。早飯時從書房中回來，下午散學，晚飯以前，都是熟讀這部新鮮書的時候。書是上海的什麼書局印的，油墨用的太壞，每個字的勾畫旁邊都有黃暈。沒有幾天已經看完，不知如何能有那樣耐性，看完了，從開頭再溫著讀。數不清是看過了多少次。其中的人名，神名，別號，法寶，甚至於成套的文言形容詞，當時都背得很熟。尤其高興著的是哪吒的故事，怎麼借了荷花梗還魂，與善踏風火輪，以及哼哈二將，這都是十分留心看的地方。可惜少了末一本，姜太公怎麼封的諸位善神，惡神，不曾明白，認為是美中不足的事。還有最不懂的是書中的「闡教」，著實悶人！儒，道，兩家多少知道點，佛也明白是另一種教門，可是《封神演義》中有「闡教」，無從解釋，問別人也少有懂的。以後便看了些鼓兒詞，如《破孟州》《瓦崗寨》之類，卻引不起多大的興趣來。雖然活潑的小孩子也願看些你一槍我一刀的熱鬧把戲，因為這等鼓詞句法太整齊了，人物也沒有什麼變化，想像力更薄弱，所以不大留意。

再過一年便看到一部小字鉛印的《今古奇觀》，這部書對於我引起的興趣自然與《封神演義》不同。兒童時天真的飛躍也因此起了變化。那部書裡十之八是寫的社會，人情，與浪漫的故事，總之幾乎全是人情的刻畫，不同於完全是信筆所寫的妖怪神仙。於是我也漸漸明白些人與人的關係，也知道什麼是善，惡，正直，欺詐等等的事，不過覺得終是敵不過那些騰雲，駕霧，吹法氣，鬥寶的熱鬧。實在說，像《今古奇觀》這樣的書哪會是十多歲的孩子的讀物。就在這兩年中，我熱心搜求的結果，看到的小說不少；《筆生花》的長篇彈詞，也是在那時看的，不過沒有看完；因為看來看去盡是些絮絮叨叨的家常；怎麼坐，怎麼穿，怎麼說，縱然有那些帶韻的流利的唱句，也按不住自己的耐性。所以幾本之後便拋開了；自然太長了也是一個原因。然而自此後知道說故事的書有許多種類，大概可以分為有韻的，白話的兩種。直至看了《聊齋》以後，才恍然於文言也又寫出許多美麗的故事了。

記得看《聊齋》與看《水滸》《石頭記》都是又一年的事。不過看起《聊齋》來總不是與看那兩部一樣的心思。當然是有短篇故事與長篇有連續性的東西不一樣，最重要的是文字的關係。頭一回得看《聊齋》那樣文言的記事與描寫的文字，對於只見過文言的經，史，與詩歌，古文的我，免不得有一種驚奇。雖然那時不能完全賞識《聊齋》中行文之美妙，故事與大致的言語總還看得懂。有不明白的典故，好在有注解可查，還可與讀的詩經，詩歌相對照。雖不如看白話小說的省事，卻並不像看彈詞似的看不下去。然而看的態度卻比別的小說要鄭重得多。那些美麗奇異的故事，最容易引動我的，如〈珊瑚〉〈嬰寧〉〈鳳仙〉〈胭脂〉等，對於〈江城〉〈促織〉〈馬介甫〉一類，便不甚樂意看。至於其中那些專於志怪的短文更很少有興致，因為太簡，仿佛歷史的一段，又太直，沒有故事的曲折，不熱鬧。最反對的如〈畫皮〉，並不是覺得事出不經，終覺得像那個〈畫皮〉的東西沒有人情。其他故事中的鬼，狐，小時讀著雖然初時知道是假的，及至他們有了言語，動作之後，在作者的筆下予以人格化，便忘記了是蒲老先生文字中的異類。幼稚的心中往往與他們同感。《石頭記》是讀了又讀的小說，自從得看此書以後，《封神演義》早已放在我住屋的窗臺上不動了。這部書中有更繁複的人物，有種種的對話，動作，有巧妙的穿插，與照應的筆墨，我那時哪能都看明白。然而對於它的人物，話，擺設，與變化引起我驚異的讚嘆！——並不是對於作者的讚嘆。雖是年齡小，卻也知道對於其中的人物予以同情，或者分析分析他們的言語，行事。貧弱幼稚的鑒賞自然不會在小說以外去看小說的。至於書上的批語老是不高興看，尤其是說影射某人，或是用些「易理」去加以詮釋，真不明白那位護花主人是寫些什麼？《水滸》雖也在這一年看的，比起《石頭記》的引誘來差多了。有時也愛想想燒草料場的豹子頭，拔大柳樹的魯智深，可是片片段段的有趣味，不像《石頭記》的整個的動人。因為看小說多了的關係，覺得自己的見解也隨之提高。不是只守看一部不全的《封神演義》的心情了。除卻故事之外，增加了不少的識見，與文字上的人情的閱歷，對於作文自然也有點幫助。

《儒林外史》我見到得很晚，已在入中學時代了。《鏡花緣》因為家中有很好的木版，見得雖早，那時也沒有耐心看到底。一大段的議論，一整回的講音韻，文字，又是些酒令，曲牌，揭過去吧，覺得看不完全，實在有點莫名其妙。老實說，我對於這部名著自小時看不出優點來。後來雖知道作者是頗有思想的，也許小時受了看不慣的影響，至今還覺得對它很淡薄。

除去章回小說之外，文言的以《聊齋》看得最早，《螢窗異草》《子不語》《夜雨秋燈錄》等等奇怪的筆記都陸續著看過。看的比較覺得生疏的是《所圓寄所寄》，不過那時對於怪異的觀念已明白了許多，不是一味好熱鬧與好奇的心理了。

《夜雨秋燈錄》還重看過幾遍，其他的勉強看一遍便沒有重看的興致。這類書中，《閱微草堂筆記》與《右台仙館筆記》看得最晚，興味也愈為淡薄。教訓的道理多，文藝的興感少，何況我在那個時期已經看過了幾部長篇，所以更不迷戀它們。

在這三年中「閒書」雖看過一些，卻是純粹的文言筆記還未見過。只有一次在我家盛舊書的大木箱子中檢得一本粉紙精印的《說鈴》，初時以為有「說」字的自然是小說，及至看完，知道是另一回事。文字與其中的議論，頗引起我另一種趣味。記平凡的有趣的軼事，以及批評詩文的短文字，使我看「閒書」的眼光為之一新。以後除在家塾中讀的書以外，漸漸學著看詩話，文評一類的東西，都是由這本《說鈴》引起來的。

這都是十四歲以前對於初看小說的經過，以後入學校到中學，忽而努力於《文選》《唐詩》，古文，一天天忙於抄，閱，圈，點，早已不能盡工夫看小說了。可是林譯的小說在這時也見了不少。那時對於舊詩抱著真純的熱心，曾在暑假中手抄過李義山的全詩集，溫飛卿的選本。差不多這兩位綺麗詩人的句子一見即可知道。那樣的迷戀於舊詩文的過去，現在不必多說了。

再談一談我學作小說的經過。

因為小，母親不願我入學校——那時我家的鎮上已經有了私立的中學——請先生在家教讀。那位先生雖是個秀才，學問方面卻也通達，他曾學過算學，能以演代數，懂得一些佛經，又在廣東住過幾年，看過那時的新書不少。所以我十二歲在家塾中卻有一半的工夫用在商務印書館出的中學用本的《新體地理》《歷史教科書》與三大厚本的《筆算數學》上（這部書是煙臺教會中印行的，流行得很廣）。先生又教著每天圈《綱鑑》，讀古文，這些事似與那麼小的兒童不對勁，不過先生能夠講解得清晰，我倒還不很感困難。講到作文，對對字，五言小詩，我也經過這個階段，可是只不過學了一年便開始作文。那個時代，即在學校中也是一例出些講大道理，或者空空泛泛了的題目。——記得我考縣裡高小的文題是《足食足兵二者孰重論》，考中學時也是這類的文題，卻記不清了。——在塾中先生自然是出這一類的題目，不是評論人物，就是順解經義，那不過是使小孩子多查書，硬記文言的成語，想像與情感可以說是攙不進一絲毫去的。所以我雖是還能謅幾句，卻得不到自由發抒的興致，只好從別方面去求作文字的自由。多少讀過幾首唐詩，略略懂得平仄，可是亂湊的詩句自然弄不好，也沒有什麼詩感。想塗抹點故事，既苦於沒有材料，文字又用不妥，很想有些人對我說些《聊齋》《子不語》類的怪事。我可以記下來；實在還不能湊合幾句文言，這真是一種空想。後來得看到《小說月報》的第一卷，《小說月報》與舊日出版的《月月小說》引起我用白話作那樣小說的高興。十五歲，正是二次革命的那一年，那一個暑假我由濟南回到家裡，忽然用章回體寫了一本長篇小說。給它一個可笑的名字，叫《劍花痕》約有二十回，大略是寫些男女革命，志士一類的玩藝。因為那時我在省城讀書，社會上的事實，人情，略有見聞，便引動淺薄的創作欲，寫了這一本，可是直到現在壓在舊書箱中沒再翻過。在中學時每月看《小說月報》──那時是王蓴農君編輯──便想著寫點短篇寄出去，於是在窄小的寄宿舍的窗下，自修後便寫小說。初時覺得怕投不上稿，便將第一次的那篇〈遺發〉投到《婦女雜誌》去（王蓴農也兼編《婦女雜誌》），想不到卻得到他的覆信，說把這篇小說刊印在某期之中，並且還寄了十幾元的書券來，當然我異常高興！馬上把書券去買了一部新出版的影印的《宋詩鈔》。後來陸續投了兩篇去，都登出來。在改革的前一卷的《小說月報》裡，也投登過一篇。這都是我初寫小說投稿的經過。（說到這裡還記起中華書局初出《中華小說界》時，似乎周啟明先生常作點文字。我那時當然不知周先生是何許人。某一號裡有一篇小說，是用文言作的，題目大約是〈江村夜話〉，作者署名是啟明二字。文字的雋永，與描寫的技巧，在那時實是不多見的小說。我常常記起這篇文字與作者，直至在北京認識啟明先生之後，方知道就是他的創作。）

以後便是《新青年》的時代了。《新青年》初名《青年》，我在濟南時讀過第一二冊，覺得議論，思想，都是那時暮氣沉沉中的一顆明星。因為後頭有通信一欄，我還同它的主編人通過一回信，從這時起，我自己的思路似乎明白了許多。不久，到北京讀書，便把舊日的玩藝丟掉了。學著讀新書，作新文字，把從前認為有至高價值的舊文藝，與舊書堆中的思想都看得很輕。那時與鄭振鐸，耿濟之，瞿菊農，宋介諸位常在一處開會，討論這個那個，其實對於「新」的東西，都沒有完全了解。

我用新體文字寫第一篇的小說，是聽見徐彥之君告訴我的一段故事。他囑寫成小說，登在《曙光》的創刊號中。內容是一個為自由戀愛不遂做了犧牲的悲慘故事，這樣的題材很適合那時的閱者。可惜自己不會用相當的藝術寫，現在看來那真是極幼稚的習作。在《新青年》中見到魯迅先生的〈孔乙己〉〈狂人日記，覺得很新奇，自己是無論如何寫不出那樣的文字來。即說到鑒賞，恐怕〈狂人日記〉初登出時，若干青年還不容易都十分了解。在這時，葉紹鈞，楊振聲諸君也在《新潮》上寫短篇創作。以後我對於這樣作法十分熱心，胡亂寫了一些短篇，第二年在北京西城某公寓中寫成《一葉》。

這些關於個人的幼年讀小說，與後來學著寫小說的經過，本沒有對人述說的價值。在自己，自然是生活的一片段，究竟是無足說的，不過記出來可以與年齡，時代，差不多的朋友相對證而已。

在這暴風雨的前夕，一個人的生活，無論如何，終要湮沒在偉大的洪流之中，哪有述說的必要。何況無論誰的生活都是在環境與其所屬的階級中擠迸出來的，不奇異，也不是特殊。以後我想回憶錄之類的文字大約應少了吧？對於這個「作家生活」的題目，慚愧沒有多說，只寫了一些個人經歷的片段罷了。

柔和的風

冬天早過了，春天也快要逝去。

朋友，你覺得這地方上有一絲絲的柔和的風嗎？

沒有震雷；沒有霜雹；也沒有暴雨，空間正如空間的天氣一樣，鬱悶、焦煩，就是一絲絲的涼風也沒從江潮上掠過來。

但四圍的烈風、雷、雨，卻正衝打著島上流人的心潮。

雖然暫時在人間似不再需求「柔和的風」，拂面，醉心，好繼續意想中的春夢。但，盼望烈風、雷、雨投來一片光華的閃電，映著土隴、郊原、籬落、水灣、茅屋——各個地方的苦難者的靈魂，引導他們往勝利的天國。

到那邊才真有「柔和的風」在血華的面容上吹拂著。

鋤情

悲不許泣，冤不任訴，恥辱不可語，不但如此，還要你裝點笑容，力表恭愛，矯造思感，是謂「鋤」情！

情果可鋤，生等草木，禽獸有知，尚不認受。肉體易毀，精神不滅，知息猶存，情難鋤刈。

作偽自誇，威力自恃，雖在蠻族尚不儘然，今竟並存於所謂有文化尚俠義的國族中，能不令人生世紀倒轉之感？

玫瑰色中的黎明

深夜的暴風雨，正可鍛煉你的膽力，警覺你的酣眠。金鐵皆鳴，狂濤震撼，你不必為不得恬適的穩夢擔憂，也不必作徒然的恐怖。

暴風雨過後方有令人歡喜的晴明——有溫撫慰悅你的和風朗日。

燈光昏黯中，正視你自己的身影，努力你的靈魂的遨翔，堅定你的清澈的信念！

這樣，你更感到暴風雨的雄壯節奏的啟示。

你所等待黎明前的玫瑰色已經從風片雨絲中透過來了。

命運的骰子

孤注一擲是連「機會」「技巧」的賭博的技術都不講的，與「盡人事以聽天命」更不能比。

「度德量力」「知己知彼」就算是對大利作無盡的追求（自然，這裡面早沒了公理的影子了。），為其自己一方面說，「損人利己」，不問是非，至少自己尚有一時的所得（所失的呢？），並此不明，一味揮動鐵拳向世界，向全人類示意：「鐵拳所到玉石同碎，不畏懼者加汝痛苦！」恫喝無效，不擲自羞，於是將財力生命與國家的歷史並作孤注。

向圓轉無定的骰盆中博取幸運！這裡有什麼「技巧」呢？有什麼「機會」呢？擲骰者的神經先被自己的鐵拳震昏了。

風色覷定，博術精巧，有時還一樣得了負數，何況是不但不知「彼」，連「自己」也不曾了解，面紅頸粗，專想一擲之下贏得全域。

你看：幸運沒沾到指尖，而擲者的雙手已覺抖顫，拿不起命運的象徵品了。
燈燭光黯，風雨夜鳴，命運在暗中大聲苦笑！
你再看，投擲者的面色如何？

一丸霜月蕩潮尾

「一丸霜月蕩潮尾。」

這是大戰爭結局的象徵？

「早知潮有信」，潮，正受時間的迫促與地母暴躁性的激發，趁了一陣洶湧的威勢，「掠岸崩雲」，像要吞沒了一切。

究竟是有年代與本質堅硬的岩石，雖然上面的苔草、貝殼，被狂潮沖刷了些去，但只憑生激起的浪頭要吞噬巨岩，沉為幽谷，潮汐空費了氣力與無謂的躁怒，那海畔岩石仍然矗立如常，未曾移動分寸。

天天夜夜過去了「信」的期間，潮終須在疲弱倦散的情勢中退下去，到後來幾乎是沒了氣息，與蒙上一片昏濁。而且它帶了滿身傷痕，喃喃冤訴。這毀損它自己的潮「信」，是迫促它暴怒的原動力，到這地步，卻只餘下似嘲笑的悵恨。

黃昏後——疾風急雨的黃昏後，那歷經圓缺的秋月雖然含著憔悴淒清的神態，但她保持住她的冷潔，她的使人愛戀的銀色，中天獨立，並不為連宵的壞天氣減少了她的光輝。

她對空間的一切仍然公平地分射著戀之光——絲絲的皎潔柔光，在無力的潮尾上輕輕用同情撫慰著潮的傷痕。

因為她知道那些清波都無罪譴，只是被洶湧的浪頭欺騙了，奪取了它們的生命。

輕輕的嘆息聲落到下面，在暗處擁出無量數清波的嗚咽，它們滯留於傷痛中，是懺悔還是怨恨？

而海畔的巨岩昂首矗立，霜月下更顯出他的尊嚴，與浪頭搏戰後的力量。

潮，拖著無力的尾不知退到什麼地方去方是歸宿。

在你的前途上

擲斷你的鏈環，擺脫你的夢寐，聽，白鴿的歌聲在焦林中已唱出生命的重生。看，鳳凰在灰燼上也展開斑斕的錦羽。

確定你的希求，淨化了你的憂慮，人間總有前途，在荊棘的縱橫中，在霜雪的冷冽中。那安慰悅樂的春光會馳過冰河迅速地向前途展布。

你的眼淚白白地流去，化不出一滴清波，應該在死亡、苦痛、饑餓、流亡的時間與空間培養出更生的花朵！——它，因此會帶著不忘的笑顏，向全世界招手。到這時，你的眼淚方得到報償，方浸潤出生之值。

你的心即使真化成死灰，灰中還有不滅的火星在暗中躍動，何況有自由的風力替灰傳播，替灰中的火星煽發著美麗的明光。

聽，生命的重生的歌唱；看，灰燼上鳳凰的展羽。……那流星般的淚滴，那風中的火星。——這，都在你的艱苦的前途上！

何處乾坤少戰場

起伏無定的烽火，東西南北的血戰，更加上災害、饑餓、流離、傷亡，種種的人間慘事，都壓到這個時代的每個中國人身上！

我們，在無量的痛苦中只有懺悔幾十年來我們這古國的人力分散，物質的虛費與消耗，除此外，當然怨不著天運，更不必對人事有所尤悔。往日的惋惜何補於當前的艱難，你我的計較空耽誤強力的掙扎。

縱多傷死，縱多損壞，這空前的嚴重試驗反是一個轉變的良機，未來的歲月還有待於大家的忍受。何況積勢所在，橫流終有潰決了世界堤防的一日，讓我們在種種苦痛的試驗中，先為全人類高舉起正義的大旗。機緣所在，興亡所關，是非所爭，共同邁步前進——以熱情的、勇敢的、激昂的心與力貢獻於世界，同時也維繫住這古國的「永命」。「跋浪，呼風」，將來在高空，在海洋，在陸地——是人類居心造成的惡運沒有滌蕩之前，「何處乾坤少戰場？」

我們只有咬緊牙關紮下硬寨而已，自哀哀人都是一例的白費。

雲破月來

春雨夜深時，幾人在黯淡的燈光下漫談。淒清的空階雨滴間和著遠街上的車鈴聲，幽靜與匆忙的不調諧，正與各人的心境一樣。

時代挑起心頭上的熱感，風雨叫醒了離人的苦夢。想吧：夜中，江頭，湖畔，邊塞的沙磧，群山中的谷澗。……想吧：死屍，血流，空中火彈的飛蕩，地面上壯兒的怒吼。……

他們此地聽著靜夜中的雨聲？

由淒然轉到默然，正是萬千思念橫在心頭，連接續著談論的事件都找不出頭緒。

回憶，期望，多少酸楚與等待著的慰安交互織成薄薄的血網，網住每一顆跳躍的心。

誰無痴願？誰無鄉愁？縱使白晝中如何忙勞，豈奈這半夜雨聲滴滴點點沖上心來，即令散去，是有感者何能入夢！

過一會，他們走向廊簷，冷風掠過，像在額上黏著冰塊。向上望，一片深黑，不知是雲低還是夜暗，什麼也看不見。

不想麼？他們的心並不曾為聽雨而平靜，想的什麼？自己也說不分明。

突然，一陣迅雷把春夜從暗淵中震醒，接著風雨大鳴，再不像先前慢條斯理的令人沉悶，如四弦上的將軍令，如貝多芬交響樂的急奏。耀目的閃電滌淨了夜空的陰黴。同時，大家也感到衷心的歡暢！他們不再沉思，也不再擔憂，精神隨著震雷閃電在空間躍動。

雲破後，雷雨聲息，皎潔的明月獨立中天。

他們心上的血網都一絲絲地迎接著這微笑的清光，凝成了一片明鏡。

不易安眠

冷雨連宵，你大約「不易安眠」？有時有幾聲巨響由空際傳來，你，開窗四望，一片暗冥，淒冷的雨絲織成密網，網住了這黑夜的「囚城」。樓臺，樹木，車輛，你都看不分明，只是若干點想衝破昏霧的燈光，若遠，若近，在飄動，在炫耀，在孤寂中作光明的散布！

春去了，就是苦澀的鶯聲也不到這「囚城」中叫喚，況是料峭風雨的中夜。杜鵑的哀啼，夜鶯的幽唱，這些鳥音雖會顫動過多少詩人，旅客，易感傷的青年，情思宛轉的女孩子的心，使他們神迷，淚落，心情嵌在纏綿的幻影，時間付與冥想的哀，樂，甚則比以靈魂，聽似仙樂。……但現在呢？即有他們的嬌歌，哀唱，再不會引你遐想，惹你惆悵！……現實的重負，一支針一滴血地壓上苦難者的肩頭，火灼，水湮，每個人都分嘗到。縱然，音樂般的，或高一步說是精神上的麻醉，可以銷魂，可以忘我，可以排遣世慮，可以沉入玄想，但，這至少須有一份略從容的時間，略悠閒的情趣，略輕微的憂鬱，方能對他們的嬌歌，哀唱，發生飄飄然的清感？

現實呢！便是好作奇想，好動悵惘的古詩人，生活在「囚城」裡，你準一千個不相信，什麼杜鵑，夜鶯，會觸動他古怪的靈感，寫得出一首像樣的詩來。

凡是一個逃不出現實的苦難者，他情願在暗夜披衣獨起，他的心在熱血交流中躍動，他的淚灼燙地墮入肚腸，他的想像是：草莽中，平原中，森林中，河岸港灣上的鮮血，是自由的洪流氾濫過激怒的田野，是暴風疾雨挾著戰神的飛羽傳遍各地。

原來，這樣醜惡紛亂的城市再無須會嬌歌會哀唱的小鳥作閒情的囀弄，何況是已變成一座「囚城」，一個存儲記憶的「狹的籠」！

春去了，正接著與炎威相爭的夏日。誰還在夢幻間眷戀著杜鵑夜鶯的嬌囀，哀啼？有巨響急傳，有驟雨驚飄，有到處散射的光明點。

你聽，你看，你往遠處往深處堅實地想……你摸索著拿得住永向著青空向著光輝伸展的枝葉！

這昏暗的夜有破曉的時候？……

「不易安眠」，你是否墮入自己的夢魘？

一星星那樣大的明點

一星星那樣大的明點，衝開八月中夜的濁霧：——擁過來與蕩過去，像披著灰色輕綃的醉後腳步俏利的怪女突然從柔浪的推動中，一閃，暗角上裸露出她的蒼白而有斑點的腿部，又彷佛是搖在豐滿胸前的珠飾，但那只是「一閃」罷了！

一會，擁著柔浪似的那夜之怪女身上的輕點——誰曉得它的分量——漸漸向上升漲。

熱氛把江邊的飛塵吸集住了，風若在四面吹拂，卻看不到那龐大身影的移動。蒙在柔浪中夜之怪女身上的輕點下面，有色的燈火，玩具堆砌的層樓，爭鬥的叫呶，苦惱的嘆息，絕望的幼兒的號哭，鐵船發出疲勞的澀響，橋頭執槍人詛咒的急步——色與聲，在這時都溶合了。

溶合成一層巨釜中旺火熄後的碎糜。

因為它們不是真有亮光的，也不是怪女身上柔浪似的——那些密點的東西。

然而卻有一星星大的明點。

躍動於那些無量數的密點之上。

是遊行於高空，也耀光於海底……她一出現！……

原來像怪女身上的一閃——偶然一閃的光——那樣眩光從此杳然！

她照耀著湖沼，郊原，山谷，與繁囂及清靜的城市。

她給那些地方的每一個生物的心房燃著了「心的亮火」。

她對戰爭給以冷峻的正視。

她在到處散布「命運即光明」的戒示。——那戒示每一字畫都塗著先知的聖血，也引映出未來的明珠。

全世界有人跡處——有人心處，都受到她的光亮，她的愛，她的柔和而熱烈的告語。

偶然閃出的如肉體凝點的微明——眩光，即時被密霧的推動隱過了。

夜紗的朦朧下，似有更多的，幽暗的，濁霧包圍的東西醉舞的怪女。

她們覺得自己的腳步是十分俏利，其實它們曾踏到什麼呢？

在上方：湖沼，郊原，山谷，與繁華及清靜的城市中——有心的搏躍處，都在仰望那一星星那樣大的明點。

她獨立太空迸發出強熱的溫愛的銀芒。
濁流的衣面上的輕點——密霧的推擴，雖似盡力向上騰漲。
被包圍中的怪女，雖在抖擻著它們時有眩光的胸膛與腿部。
都只是如柔風拂過的「一閃」而已！
太空中獨有她迸發出強熱的溫愛的銀芒。
是一星星那樣大的明點！

泡沫

聽著中夜濃霧下的潮音，便想到在暗中向上翻騰的海的泡沫。對於那眩目的銀花與堆雪似的大浪，印象是模糊一片，並不強烈。在這樣的時候裡，潮音所給予我們的是沉重，渾厚，無畔岸的陰鬱。每個泡沫都具有一分嚴肅的生力，由四面合來不可分離的力向上騰翻著，並非耀顯的光亮與打滾身般的旋舞。如夏日悶熱中欲雨的低雲，如浸潤於激怒中而尚未發作的飲酒，那無量的，並非單獨游離的泡沫，是未來從一片雲層中急落的雨滴，是被熱酒的火力衝動，要求迸擊的每個細胞。

山與崖

「初安如山，後崩如崖。」其實崖有時也算得是山之一部，即是山，又何嘗沒有飛石噴火的時候。「安」與「崩」，得追究到地心的構造與其附著物的凝合力，但為崩而憂慮，戰慄，忘了內在的因，卻說只為它是「崖」，所以「崩」了，那麼，號稱為山的東西便能永遠仰天長笑麼？

淡雲白日

記不得了，「淡雲白日」什麼「幽州」？這七字詩句的第五字的動詞應當是什麼呢？時代不同，誰有閒適的心徒去感慨，弔嘆。但不知怎的，那個字使我時常憧憬地回思，設想。可是，誰是這句「詩謎」的勝利者？我們能不深切地想一想？不但想……而且要爭取最後的勝利！

忍

只有對相愛的人與物有容忍，若心中尚有一分的憎惡，在對象上是屈辱，是「痴」，與忍無干。能容，一定尚有可以使你有後望，有還沒來到的報償，有心頭上的眷戀。如愛人付與你的嗔怒，如已打缺了的心愛物不肯丟在垃圾堆裡，因有愛，故所以能容。若非如是，當易他詞。

「不忍」

無饜足的惻隱之心，到頭處連失了自殺的勇氣也得歸入此類，那終成為什麼顏色都分不出的「無人相，無我相」……是之謂「不忍」的哲學？

引端

蘆葦可成為古文字的書頁；可以做青年「叫情」的樂具；也能墊在汙穢罪惡的腳下。所謂「端」要看是如何引起，動機與行為似是永遠的漆黑一團，真麼，為什麼人間又要蘆葦？

一粒沙

一粒沙藏在我的衣袋中多少年了，小心地拈出來，看不出些微的光亮，縱使放在任何生物的身上，有多重？搖搖頭擲到大漠裡去，那些無量數世界中平添了又一個世界，走近前光在炫耀了，踏下去便多覺出這一粒沙的力量。

濁與清

中國人長於處世，「不即不離」「和光同塵」，這似乎已經是標準的「善士」了。更有進者，所謂「既濁能清」，語深意晦，不可卒解。如不看下文以為是詖辭之類。及至找到「能清伊何？視汙若浮」。焉得不使你讚嘆這一視的超然物外！「萬境由心造」，當作此解。也許屎溺中俱有「道」在，汙也何妨，你還覺得「御風而行，泠然善也」！

一九三五年八月中。

（按語）前年秋末曾作短語幾則名〈聽潮夢語〉，原想繼續寫下去，後以他務遂爾擱置，去年曾收入《青紗帳》集子裡。今在病中續成若干則，不耐深思，又苦於想像力觀察力的薄弱，所言未必有當。但「見智，見仁」，世間難有一致的「理」。這真是浮淺的作品，僅僅略述微感，不過從微感中或能顯出一點亮光。

哪怕是「爝火」呢，只要在人心中稍稍增加些溫暖，那便是作者的希望，也許因之加重了心頭上的冷顫，那就是作者的罪過了。

一九三六年，三月。

為了顏色

老楓樹愈值深秋愈增加了它的驕傲的顏色，「看，我的顏色，我的充實生活的表現，我的生命的青春重回！看，我惹動多少人的瞻望！」

蓖麻子在不漂亮的叢蒿中揚揚他們的白黑相間醜看的臉，又低下去，論色彩與威武，他們的低頭不算卑辱，是公平呵。

金風瑟瑟中，粗大的楓樹迎著秋陽，昂首向天，吐著舒適而微有感慨的嘆氣：「大木往往是『拳曲臃腫』的，不中看又不合用。但我是值得人間的瞻望的，直立，偉大，顏色的鮮明，他們在綠的繁華中去出頭，表明他們的幼稚。時季屬於我的是：詩人們的讚嘆，明霞的標榜，秋風的鼓吹，美麗畫圖的本質。……為了顏色，便用不到量材了；為了顏色，我可以免去斧鋸的迫害；為了顏色，我不會有被投到火裡去的提防。我是代表著熱烈，青春，壯盛與美麗。」

小草低聲咽泣。

醜看的蓖麻子默默地揚起他們的臉又重復伏下。

霜降了，楓樹生命中的青春也萎落了。慘紅的葉子沉默著飄下來，有蟲蝕的疤痕，有霜打的病色，他們混合在汙泥中與白頭的小草同一命運。

小草怨恨著自己的早熟，而美麗顏色的秋葉也一樣痛惜自己的早凋。他們在時光的流連中總沒有滿足。

蓖麻子的果實一個也不見了，早被男女孩童一顆顆摘了去，晒乾，貯集，賣到市上，輾轉著製成芬芳的油類。

但「為了顏色」的楓葉，有的爛在泥土裡，有的仍然在火光中消滅乾淨。

「為了顏色」，他們確比無聲醜看的蓖麻子驕傲過短短的時候。

飲酒與食糟

「我飲酒，爾食糟，爾雖不我責，我責何由逃！」這是不是敦厚的詩人的想法？醇醪在口，悅情，合味，一醉便沒了千憂，於是記起種田人的辛苦來了。春天沒得糊口，把官家酒場中的糟賤價賣與他們，噯，噯，這是任民責者的職分！可是糟是什麼做的？……恩惠是享受的唾餘麼？

但也還有不能因賤價可以買糟的人呢！那只是天然的他們與酒味無緣罷了。

詩人的敦厚是否多餘？

九連環

幼小時候看人解九連環，以為非有魔術的手指不能解脫得那末乾淨，俐落，苦於自己學不會，便不能不恨自己的低能。及至年歲大了，對九連環這樣物事一點點興趣也沒有，因為知道……那不過是轉圈子還原而已，有甚新奇！

但我也不曾憎恨善解九連環者。宇宙就真像連環麼？是善解者的答覆。

不過「數」

在眾人的接談中，一位老者撚髭微笑曰：「文藝事不好說得，一代不過數人；一人不過數種，數篇，甚或數句，永留天地間者，如此而已。」

眾人不答。

此「數」字非幻象，非術語，百煉，千錘，因才，際時，我們不能說老人是過分的誇張？文藝能影響到真正的人生也只是此「數」而已。

「落低雲煙」，不一定都能化成了充滿人間的「大塊文章」？

大漠中的淡影

大漠風寒，砂飛蔽日，一騎遠來，拖著遲行的淡影，若明，若暗，在砂之雨中，他找不到藏身處，似乎也不想找。對著慘黃的圓日躊躕一會，重復鞭著駱駝在無盡的大漠中進行。

影子雖然是淡淡的，反映在遙望者眼中網膜上卻十分清晰。

他到什麼時候找到有人家的去處？他拖著的影子要幾時才沾不上飛砂？

我在船上空想著。

他漸漸的遠了。

手之力

讚美機器手代替了有血有肉的手的辛勞，不是現代的功績嗎？造作，生產，既迅速又完美。現代我們的手似是具有「狄克推多」式的權威，而用不到他們的祖先時那樣勤苦了。

但看見許多許多的石錐，石鏃，石刀；看到許多許多的粗劣陶瓦器，看到紀事的結繩；看到一錐一畫的泥版文字，對於祖先的手的靈巧學習怎麼也不能漠視，不能不令人驚嘆！

誰是那時他們的手的「狄克推多」呢？

對答的有說是「腦」。

生活與經驗才是腦的真正分工者罷？（分工卻在合作）

機器手的現代，生活與經驗照老例子沖下去，他們何曾辜負了我們呢。

從遠古到了今日！

調味

善於調味的廚師，何嘗是對著「嗜好與人殊酸鹹」的人們玩手藝。豈止五味，任管多少味，他是調和得悅於目，適於口；任何材料，他能泡製出它的特點來，滋味與營養兩皆切合了同嗜者的口腹。這調味的本領看似平庸，卻難動手，一點酸，一口鹹，足以損壞了材料而難以下嚥。

自然，「殊」於口腹者也有其人。

無論怎麼，廚師的手下有藝術，也須有食物的豐富的知識。否則不是有瀝血的牛羊，有腥膻的珍錯？為什麼用「調」？味只作為感覺上的嘗試看，那廚師便好作得多了。

真理的搖撼

老人遲緩地嘆息著「真理」的淪沒。

青年急激地尋求著「真理」的實現。

中年人徘徊彷徨在所謂「真理」的唯、否之間。

但這是一般，可也有的是例外。

究竟什麼是真理？時代蒙上了過去未來的淡霧，地方橫隔著族類與國家的利害。……小節何須提到，為一個蘋果，甲稱其甜脆，乙讚其色彩，丙又提到童年採果的記憶，丁在幻念著愛人的腮頰，據點不同，遂造種種因，有種種念頭，種種批評。孰為真理，孰能作公正的裁判？小節固不足道，大的無限度的倒能確定把握著他們的是非？「真理」不是宇宙間開寶庫的久永的大匙，如倫理觀，道德觀，甚至如時髦的衣履。……於是有了「真理」的憂慮與爭鬥。

其實時間在上面（所謂真理的上面）塗了顏色。

且把永恆的「真理」的謎讓書堆裡的哲人用力猜去。

彈破的種子

在秋花中，每到花落結子時，鳳仙花是獨有聲響的，不像別的花只是沉默著延傳她們未來的生命。微微帶有軟刺的綠苞，到真正成熟時，她完全迸開了，花叢中散出微響。

「她的種子熟了。」大家一聽這清脆的聲音都知道鳳仙花的種子到了時候了。然而包有多少種粒的綠苞都捲曲了，再也伸展不開。一顆鳳仙花的種子完全成熟時，她的綠苞也完全捲曲。

為什麼她要這麼麻煩呢？

據秋花中古的傳說是：獨有鳳仙花到死是有美麗的「彈性」的。

什麼是滿足的

「能思索行嗎？」「能證明行嗎？」「能盡力地去作行嗎？」什麼是你所滿足的？

永不滿足，但不是以一個小我為中心；永不打滅了希望的火把，但不是只為在暗夜中尋求娛樂自己的樂音，與貪婪地去覓取掛在自己頸項上的珍寶。

鬼靈的黑夜

據說鬼靈的出現往往在陰森、幽靜的境界裡，怕陽光，怕雞叫，怕爆竹，怕火與一切有大聲響的東西，所以淒風苦雨是鬼靈活動的影像，黃昏暗夜是鬼靈出現的時間。也因此，在習俗上把鬼靈之類叫做「陰邪」，與狐狸黃鼠狼……作祟惑人的「陽邪」恰成對立。提到「陰邪」一般人大概都有「毛髮悚然」之感，也許引起心境的不安，與那些「陽邪」的傳說：變成人類，施行法術，恩怨的報復既多分明，又絕不用陰風鬼氣嚇人，總覺得狐狸黃鼠狼等的邪法，並不見得怎樣令人恐怖，還以為他們多少有點人間的情味。

這不是一個明顯的問題嗎？

為什麼所謂「陰邪」總與黑暗離不開，為什麼避著光亮與聲響？

有人情味的事——縱使是邪魔吧，它還有它的可喜處，不像避著亮光與聲響，只靠在黑夜裡裝扮鬼臉那樣的令人生反感。

照鏡

如果不以為是消閒，照鏡是有其一點點的藝術的。堂皇的學校走廊上，一面可憐相的大鏡，兩旁有教條般的訓語——整齊，清潔，洗面洗心等等的話，青年們走過去，在玻璃的反映中掠一個影子。為的是盡教條的義務，那不過等於兵士的立正，掃垃圾人手中的長帚，照例來一下。他雖然正對著自己的影子，如匆匆走路，把別人的身影踏在腳底下一樣。

最能懂得照鏡的藝術的或許都是女子們？並不只在青年時她們會留心怎麼從鏡光的反映中看清了自己的顰、笑、淚光與鬢影，衣衫一角的斜摺，面部上表情的真偽。女子與鏡，直到現在還似乎是難離的伴侶。（我並不是說男子與鏡沒關係，不過是比較言之。）自然，從男系社會的構成以來，遺傳與習慣的積累，環境的迫成，使他不得不利用照鏡的「藝術」。撇開是、非，只就這一點「術」上講，女子們是懂得如何表現自己的外形的。

因為過於懂得，從外表上看，頗易變成「為藝術的藝術吧」（但骨子裡卻不是如此）？

反之，不甚了了於照鏡「藝術」的男子，就假作是「泥做」吧，可自來多有點堅實的人生的藝術氣。（自然，這句話也有他的限度。）

照鏡藝術的極處，是顧影自憐，是放不下自己的在虛空中的幻象，與對外界的企求……因之就容易「飄飄然」。

世間的事物，精細與渾然難得合在一起。

您說：玲瓏剔透的鬼工神斧與略具體勢的現代粗糙的木刻像，是哪個更近於「藝術」呢？

自然，從某一方來講，我們不能武斷說女子善於照鏡便不是真「藝術」的表現。

（這只是以舊日婦女們照鏡借喻，新婦女們請勿勃然！）

比冷觀更進一步的呢？

比「隔岸觀火」還自覺是更清高的冷觀，應該是在世界中滅絕的態度吧。那末，比單是冷觀更進一步的呢？……縱使是要普渡眾生，同歸「涅槃」的佛陀，當他把王位，宮室，妻，妾，財寶，整個拋棄，出城狂走時，心中正燒起一團烈火，歸根，他不是冷觀主義者。宗教中的聖者多是一例，惟有中國所傳說的黃、老，是獨樹一幟。被後人造成的術士的偶像，哪能與其他宗教並論！

「以柔克剛」「知白守黑」「毋為天下先」，比只是冷酷的旁觀更厲害了。變化多方的機會主義者，自然，「攸往咸宜」！既沒有憤世嫉俗的決心，更用不到棲棲遑遑替人家國打算盤，眼尖，手快，攫住機會不鬆手——可是時機去了，那好用的手它便又向滿天飛去。

冷觀是冰，投機是火，（多熱的心思）二者交相為用，這一脈相傳的黃老之術的弟子們是隨在時季後的風信——風信，它並不能作時季的先導，蒙面，伸手，永遠轉著身軀作時季的尾巴。可是，多收穫者就真是他們嗎？

「謂我何求」

「不知我者謂我何求？」詩人的心憂不被他人了解，便有這樣的話。其實只要看為什麼求，求的什麼，有何求正是我們的人生！無所望便無所求，水來好火來也好，東去可西去也無不可；「有」不喜歡，「沒有」也不懊惱；視世間一切盡如大海之於浮萍，固然超脫，曠達，說是可到無欲的境界——但這昇華似的「神仙清都」，我們也不情願投入！生為凡夫，（沒有那麼輕的骨頭）只好在「欲」中討生活。

不過所求者當更廣大，更光明，我與世界怎樣共同地滿足了，豐富了，活潑了，快樂了的事物與境界！

我有所求，而且熱切地去執著又有何妨。

執著與超然

「執著」與「超然」向來像是秤桿上的鉈錘與被衡量的東西，多一分東西的重量便減輕一分鉈錘的平衡力。要相稱，非將它挪動不可。執著而可挪動一步，便有腳跟站不牢的憂慮。反之，對事物一有「執著」，也失去了「超然」的飄忽之感，而被目的物粘絆住。所謂「窮，變，通，久」，那是不折不扣的中國儒家的「勿固，勿我」的態度，有好處也有缺陷，從好處講，是得「聖之時」，能識時務，能隨機應變，從另一方看，我們的儒家似乎太善於處世了，絕無「執著」的笨態。然而有反證在：佛家的思想，耶穌教的精神，卻完全建立在「執著」的基礎之上，（有人以為佛家要先去「我執」何以尚有執著呢？請讀者代下一句判斷。）可拋棄一切而有更偉大，更深遠，更重要的「執著」。可以戴荊棘冠，可以上十字架，而必須「執著」著理想與志願，不作退一步想。「執著」生於信心，「超然」則不為時限，不為物拘——也許因此得到「鳶飛，魚躍」，無往不是泰然的愉快？總之，「超然」了，便無所信，也不會作悲劇的動力。

惟能「執著」者才是扮演世界悲劇的角色。

我們能以簡單的是、否，聰明與愚傻等字，以解釋「執著」與「超然」的人物或事件？

被裝金的偶像

偶然到某地方作湖畔遊，路過一大叢林，香煙繚繞，在擲錢叩頭的擾攘中，我看見有一列新塑成的神像，雖是泥胎，瞪目，伸拳，或拿著有裂痕的法寶，正所謂「神采奕然」。但有的裝金了，有的還在等待施主——默默地似在禱祝它的幸運。事情是那麼明顯，裝著金身的便有男男女女去焚香，膜拜，沒有耀目的金衣的那樣泥胎，雖善男子善女人掠「胎」而過，並不施一敬禮，更不用提收不到香火了。

我思之再三，方恍然，知道神聖是等待施主裝金才能顯現靈異，才值得有信心的人們頂禮，崇奉。

等待或盼望著施主給裝上金身的泥胎，如果是「神」他將怎樣的感到冷落與待遇的不平？

所以偶像的造成權永遠是握在施主們的手中，不過是施主，他總願給自己裝金的偶像以最大的敬禮。

花言

一切事件全給「花言」蒙蔽了。此一時，彼一時，言語真像花開的美麗。糊塗說法是被命運拴住，用花言呢，當然另有一套巧辯，有形，有色，可惜言之本質的「聲」有點兒祕而不宣耳。

創作的力

被瑣屑的事情磨折得心緒如一團亂絲，被勉強的酬對把精神分散得不能凝聚，在匆忙紛擾中，要寫出精細有力的文章來，誰也知道那是怎樣的困難！憂愁苦惱的包圍，窮困或氣憤中，創作力一樣豐富，因為有了「力」的提動。獨有在庸俗的事務中糾纏不清，精神上有說不出的疲倦，怎有寫作的可能？

文藝，說一定是有閒階級的產物，那未免太狹隘了；一定是在精神平靜中方能執筆，也只是見其一面。然而這究竟不是如辦事務般的可以立刻「拾得起放得下」的，她需要注意力的集中，時間的從容，情感上有節制有次序的發洩，文字上斟酌的餘裕。

「倚馬萬言」，世間即使有這樣的敏才，但至少他要有倚馬的時間與倚馬時平靜的心境，然後他的文字才值得一看。

「我」與那兩隻魔手

有深感有思力的人，不論他幹何種事業，到何種地方，他對外界的事物會有他的認識與理解。譬如一枝百合花，在花兒匠手下，在賣花人的肩頭，在商人的客廳中與在一位想像豐富印感銳敏的詩人眼前，它有多少的變化？長條的碧綠葉子，潔白的花瓣，芳香與形態，從絕對的客觀上看去，只好還他是一枝百合花。她不是玫瑰，不是桃花，不是幽蘭，也不是秋菊，她有她獨特的形態與品性。然而世人能認識她與分別出她的特性，不過是這一點，此外呢？籠統地說，要看觀賞者的主觀何似，但「主觀」這兩個字便大難索解。十年前我的主觀與現在有無差異？遊行於大漠風沙中自己的所感與坐在都市的摩天樓上可能相同？又豈止此，一絲哀愁，臥聽窗前的風雨，小簟，輕衾，初秋涼意，不寐中嘗到的意味，與春江月夜時伴著情侶，在柔波上蕩舟密語，這兩個境界中對外物的觀感誰也知道不會有統一性的存在。人總歸是善變的動物，「時」與「地」是兩隻會耍魔法的怪手。它們把你顛來倒去，會把你以為是「千古不磨」的「主觀」塗上種種顏色。

話說回來，此中終須有「我」在。都在同一環境中生長大的兒童，毗剛，毗柔；熱性，冷性，絕對不同。因之，他的情感的發動，理智的啟發——對外界的印感，如各在心頭懸著了一面照見他自己的靈魂的明鏡。所謂「個性」，所謂「天稟」，所謂「爾非我」，究竟不能太輕視了。不是嗎？「上帝自上帝，我自我！」

不把「主觀」拘泥地看去，卻又不能從根本上消除「我見」的存在。雖然最主張中庸的人生觀者有「毋固，毋我」的告誡，超世的哲人要證明法業的虛空，先去「我執」。「我」正是宇宙間種種矛盾的集中點，也是造成有情世界的一個力體。假使眾人皆醉，我即不能醉也許要「啜醨哺糟」；眾人皆在夢中遊行，我不會做夢也許趕快去蒙頭假寐。這麼，世間不早就化成清一色，不早就沒有差別相的存在？政治，宗教，文藝，教育，哪兒會一波一波的漣漪波動，造成這永久難有統一性的歷史？

惟其必要「毋我」，可見「我」之潛在力；惟其要去「我執」，便可明白「我執」的權威。撇開多方面，只就詩歌與繪畫說，字眼不只是那些？色彩不只是那幾樣？甚至是用一律的方法，是一種派別與主義下的作品，你隨手打開一本詩歌選本，你隨便評閱幾幅古畫，如果有永遠統一與同一的存在，那不但你可以少用你的眼睛，也可永遠體息了你的心靈。陶潛的田園詩與儲光義的比比如何？再與范成大的比比又如何？同是浪漫派的代表詩人，同是叛逆詩人的主要分子，你讀過雪萊又讀過拜倫的詩，到底會有差別的感受？畫宗教故事的畫幅在歐洲的畫院中觸目皆是，拉斐爾與密郎琪羅的表現相比，你如果多少有點鑒賞力，一定會在你的心頭有分別的觸感，更不必提及石谷子與石濤的作風有若何的懸殊了。

「時」與「地」固然不會輕饒過人間的生活，與生活在這隻魔手中的撥弄、指使，然時同地同，卻仍有其不同者在，那便是「我」。自然，科學上說，將「我」來過細地篩一下看，當然有他的發生與存在的由來，並非神祕與不可解的怪事。

要認真地握住那兩隻魔手，卻不要輕易地把「我」放掉（其實你有時居心放掉，難免矯飾與虛偽，它會從容地跑回來的。），不須把所謂「主觀」看得過分嚴重，拘執，或頑固，保守，但「主觀」與「客觀」正當配合，卻是打開世界的祕密寶箱的一把巧鑰。

缺少自己的真認識與理解的人一樣能以生活，不過那只是葫蘆式的生活。

不強重「主觀」，才是「毋我」的適當的解釋；要承認生活中的兩隻魔手，它們的力量和它們無所不在的「深入」。

大樹與蚊

從涼臺上平眺人家花園中的一行林檎樹，除卻有霜有雪的時季，它們的粗幹，他們的大葉子，直立，茂密，一團團如撐開綠花朵的大傘，即不說賞心，至少可使你悅目。然而越到了它們的「盛年」（時季），也越使我這平眺者感到煩擾，不是因為它們過多的茂蔭與吸住眺望者眼睛的色彩，因為樹列前面恰有一道汙水溝。在霜雪來臨的時季裡水乾涸了——活水的惹人煩厭還不及乾枯的好！——可是大樹也正在歌唱著落葉的哀曲。夏天才到，大樹們生氣旺盛，那前面的如死魚眼睛的顏色的髒水也漲滿了汙池，濃濁，穢膩，像生了根似的不流動。另外還長養著毒惡的蚊，每到午後，綠葉底下便轟起輕雷般討人厭的聲響，雖是碧潔可愛的葉叢，也仿佛感受了瘧疾的傳染，在夕陽的反光中抖顫著。因此，當他們的盛年，我平眺的興味越發減少了。不知是什麼樣的聯想，夜間聽見蚊的鬧聲，便替那些茂盛的大樹發愁！雖然不會有損它們的直立茂密的姿態，然而想到是可憎的蚊繁殖的地方，便不禁有點異感。

淡酒

雖淡薄總是酒，「寒夜客來茶當酒」，只在意念上認為是酒，難免不自安，於是有我們的詩人的另一種哲學觀了：「薄薄酒，勝茶湯。」當然，比以茶作酒，進一步，然而更有進一步的「慰情聊勝無」的辦法：「一觴雖獨進，杯盡壺自傾。」不只是薄酒，以茶當酒，以少許勝多許，這真是超絕的看法。以茶當酒，顯見得還不了徹，多一番像煞有介事的累贅。然而隨遇而安，借達自慰，正是一個難關！自來評陶詩的，龔定庵卻有所見：

「陶潛詩喜說荊軻，想見停雲發浩歌。吟到恩仇心事湧，江湖俠骨已無多！」

至於要將是非憂樂兩俱忘的作者，即這般如此說，不過聊以作達，或博覽者一噱。若講身體，力行，怕不是那一會事？超脫世間的煩苦，能不飲酒最妙，仍然得借酒，甚至薄酒也可。杯盡，壺傾，方覺出百年何為，聊得此生！究竟是不曾把火氣打掃淨盡，不免咄咄之感吧。

寧可「絕聖棄智」，不能「淺嘗輒止」；寧可一滴不嘗，卻不能以薄酒自滿。

對付與將就正是古老民族的「差不多」的哲理。退一步想，再退一步！衰頹，枯槁，寂滅，安息於墳墓裡，究竟在人生的尋求中所勝者何在？以言「超絕」並不到家；以言「觀」卻出自勉強，自慰。

「淡酒」只能使舌尖上的神經微覺麻木而已，它曾有什麼贈予你的精神，有什麼激動你的力量？

神祕

神祕這名辭，向與宗教結不解緣，不能質問，不能分析——總之，是不要理解的東西都可蒙上這怪名辭的面網。古代宗教的受戒者，第一件要務，也是第一件信條，須封住口，沉默，不許洩漏祕密，便越發能增加信仰力。因不能知便不求知，「此地無銀三百兩」，神祕——如果說有它的意義不過如此。本無可祕，卻頑強地說有不許你知者在，於是善男信女便憧憬著想向此中搜求一點消息。既入彀中，他們又以此歆動他人，增高自己的價值，於是「神祕」永遠在缺乏理智的人們的心中擁著疑雲。

然而以神祕自詡者卻永遠（自己的永遠）帶著誇張而虛飾的面貌向人間作勝利的偽笑。

生意經

有人痛恨中國文字之不足用，以之表現新的事物，新的學理，尤其在翻譯介紹上往往看著方塊字沒辦法。但相反的例證亦非絕無。固然，有人煩惡中國人不懂幽默，更少機智的成分，便以為減少了人間世的多少「生機」。我對於這兩種說法不敢盡信，因為有例證在——自然這個例證是不為大雅之流所齒及的。

譬如流行的名詞（真夠到雅俗共賞），「生意經」三個字多俏皮，又多深刻！「生意」下添一「經」字，很明白的與商業原理、商業行為、交易方法不一樣。古老的說法，商居四民之末，原是見譏於所謂士林學者之口的。曰「奸商」，曰「大腹賈」，曰「重利之徒」，直到「海通」以後，還是有這樣傳統的觀念。……然而「經」這近於神祕的一字分量有多重！書籍中的第一級是經典，儒者第一件要務是「通經」，甚至「經」之讀否直到今日還甚囂囂於士大夫與政治要人的口中（念念有詞），心中（毋敢或忘）。「經」，一想到它，便立刻有一幅嚴肅板重的面孔在清流裡映現。這如何會與「生意」二字連在一起？「通經致用」，文教之源，於今又與當年最輕視的商人手中的把戲合而為一，是否昔之君子搖身變為「喻於利」的小人？抑或「以美利利天下」此中自有它的祕訣，聰明人有了新的發現？

此名詞的造成非同泛泛，創始者的聯想與觀察的周祕，敏銳，如果他來寫文藝作品說不定是天才的流亞吧？

一本萬利，花樣翻新，吹噓，迎合，誇誘兼至。「致用」多方，非善於「生意」又知「經」之根本義者不辦。你只會佩服造名詞者的聰明，你已經是一個難於救治的「笨伯」了！

其色，其聲，其人

「人人自以為其色則草木之秀；其聲則風雅之餘；其人則邦家之彥也。」否，「人人」下應改為人人自以為其文章，事業，其思想，其力量……云云。方見出下文引句的力量，雖然在文字的組織上是通不過。

「自信」正如一隻高翔雲表的仙鶴，到處皆覺有沾清高，獨有它不染一塵；獨有它鳴聲可聞於九天；獨有它才是世之「祥禽」。

無奈仙鶴雖有仙氣，終是動物之流，飲血，茹毛，以生，以死，何嘗能離開生物界的定例。有鶴，偏有它的兄弟，姊妹，也偏有群鴉，又有不甚講超脫清潔的鷹、鷲之流。

不與為伍吧，她還高叫著「悲哀呀，孤獨的寂寞！」

然而不能與鷹鷲的硬翅鋼爪比，又煩惡群鴉的吵噪，身在雲間，心落塵土，上下皆非，「仙乎，仙乎」！徒有一片熱誠的自信力，空了胃腸，唱出不凡的歌聲，於是不能無感！

「其色則草木之秀；其聲則風雅之餘；其人則邦國之彥也。」然而大風狂吹，草木黃落，邪許，感泣，風雅的聲也漸漸沉落下去了，人呢？空空獨立在血痕塗滿了的國土上！

富有自信力的仙鶴，欲下不下，它的歌聲已被暴風雨上面的密雲遮住了。

如之何如之何

感傷過重便容易在疑似中否定一切，並不僅僅是這樣否定而已，把自己的身體與精神全蕩在無著落的空間，於是煩惱火來，觸目皆非。正如所謂「在人前隱藏了自己的眼淚」，背面拭乾，日夜為「如之何如之何」的疑問捆縛著，不能解脫。時時驚奇，又時時乏味，空對著反面的紙牌妄猜正面的點數、花樣，連翻過來正看的勇氣也沒有，然而紙牌上的人物卻微笑著得了永久的勝利。

一朵雲

一朵雲在崔巍峰巒上，在原野上，在密林上，在疏星淡月的夜中，它在你的心頭點上了什麼顏色？一朵雲，正當孤舟遠去，綠波照影時它飛來了；當花影波拂，良朋對酌時它飛來了；當風沙漠漠，獨上殘破的古壘時它飛來了；當哀笳夜動，戰士不眠，草根裡的秋蟲淒叫，夢痕隨著月影飛渡關山時它飛來了。無論你是有如何的主觀，認識，對於它能作一例的看待？它的動，它的形態與它的顏色，隨時，隨地，隨了「我」在時間空間中感受的不同而異其觀念。從一朵雲的變化中，它已把藝術理解的消息透露出來。

生命的高梯

遊伴們以偶然的約會同登一個秀麗的古城外的高塔，是十三層吧，一步步如旋螺絲釘地向上走。有的上過三層便回去了；有的停在級梯上坐著喘氣；有的在半途上從窗子中望望風景便滿意了，不想瞎費力氣爬到塔頂。歸途中，我記起了西洋一位作家論人生的那篇短文。文中的大意說：登高塔愈上，愈險，卻愈小心，自己按著步子向上去。每一步他都留神。愈往上去則精神的激動愈感愉快，因為一切全是新的。……人生正是同一的例證，缺乏勇敢也損失了「新」的感覺。「到最上層還不是那回事？」半途上掉頭而去，自以為是胸襟灑落，走過幾層便想休養著身體。梯非仙梯，卻也不見一定是臨危之境，只是遊人的心思過於躊躕了，情感過於平淡了——總之，他們不肯勇敢地爬上生命的高梯。

販賣的面具

用汗血寫成的廉價招貼，販賣著種種道德型的面具：無論是枯蠟色的哲學家，披髮張口的壯士，若把事業掛在臉皮上的社會運動家（這不恰當的名詞）等等，那些面具是只許正面看的——本來面具只是面具而已！

蹤跡

雪夕，一隻白毛的狐狸輕竄著身體越過園地，籬笆，向人家的廚房中偷吃食物，在饑困裡它感到滿足，黑暗裡它敏於利用它的狡獪。人家方做著迷夢慰安著自己，又是密雪掩蓋了一切的冬夜，它輕輕地來，又輕輕地去了。

但因為有密雪，第二日人家從它的尾巴的拖過處卻更容易找到它的蹤跡。

手上的血痕

誰相信他的手上沒曾有過一次血痕，他便是可「祝福」的人！但就使他自己有這樣堅定的自信力，他便能夠「祝福」他人嗎？惟有過血痕者他才知道血的價值，也嘗過心之灼熱與力之跳動的人生的味道！

惟「聖者」手上沒有血痕，但他的全身是在血水裡洗過的。

祈禱的公式化

如把祈禱變成了一種有意的公式：走路，吃飯，睡覺，非把公式演過便以為精神身體毫無著落，雖然著魔，還可謂「迷」於所「信」。獨有把這樣公式在大眾的瞻望中，在香煙旺盛時，在有意對善男子善女人宣示祈禱的權威時，履行起來，便令人有毛髮森然之感，同時也能使你明白這公式後面的數目字，覺得爽然。

「此生」

對於過去依戀的情重，對於來世（用宗教上的習語）超生的希望盛，盈於彼便絀於此，密接兩者間的許多點他們便不易捉得牢了。惘悵迷離於當年，現在有的是頹然之感。把虛空的未來填滿了美雨的花朵，以為光在那裡，善在那裡，光榮的自由也在那裡，當前的日子只是對付與敷衍的，不得不將就度過去……這其間能產生力嗎？信與勇敢嗎？

「生」要好好地知，「生」要好好地珍重。「他生未卜此生休」，多情詩人的句子有時比偉大哲人的說教有更多的啟發贈與我們。

風

誰都知道宇宙中善動者莫若風：動於水上的是「風潮」，「風波」；動於季節中的是「風信」，動於人體中的是「瘋狂，瘋顛」（這意思是從「風」字化出來的）。而最妙的文字——也是口語吧，是「風致」與「風趣」。這四個字形容人的神態，言談，意味，都與呆板迂闊等字成反對個。因其活動，飄揚，因其有神有味，使人想，使人急，使人覺得有點兒別致，使人容易受感。它不會是言語無味，面目可憎，總之，是與「動」有關，所以「致」與「趣」上都加一「風」字。

因此正可證明一件藝術品或一段文字，形象上，意義上，如果一點點靈活有力的表達——動的力——沒有，根本上便不易使人想，使人急。……「風致」「風趣」，絕非單是指的輕佻，浮動，被一般中國才子用慣了，容易向這一面想，那是一個最大的錯誤。

悠悠然的鑒賞者

如果把一隻梟鳥當作藝術品看，貓形的耳朵，瞪圓的尖眼，配上黑白相間的羽毛，何嘗沒有它本身的調諧與勻稱，何嘗不能引起你對動物美的鑒賞。但不知怎的，聯想到它的惡性，它的難聽的啼聲，聯想到傳言中的它的「不祥」，雖是對著梟鳥的畫圖與泥造的模型，也覺得不自在！除非如抱著死人頭骨的莊生那樣「齊物觀」的哲人，無論誰怕都有點憎惡之感吧！

憎惡比恐怖還令人難堪，恐怖可以加強自己的膽力，可以感到物件的威力，但憎惡呢？例如在不快意中即看過梟鳥的「假像」……最好你是一個連聯想也不會有的鑒賞者，那你便可悠悠然地在它的瞪目豎耳的形象之下把自己忘了！

寓言兩篇

螺殼的墳墓與巨石

有一回正當秋末冬初，我以偶然的機緣旅行到群山環抱的海邊，遇見一個提籃子的少女。

相隔不過十幾步，她彎下腰去用兩隻紅紅的手挖扒海邊的泥沙，籃子放在身邊，像是要在那裡發現什麼寶物似的。

雖然令人生疑，但我憑什麼能走到她的身後窺探人家的祕密呢？她的態度又那麼匆忙，樸素的臉上呈露著惶急與失望的表情。手臂幾乎全浸在泥水裡面，迅疾地起落，顯然她沒注意到在不遠的巨石後面還有一個陌生的旅人站在那裡。

一會被掏出的濕沙在她左邊成了一座小小的沙山。她把籃子取過來凝視著，又用手指去挑弄著，這回我才看得清楚，那些小小的東西全是美麗的螺殼。尖長的扁圓的，有刺有角的，如螺絲釘似的，不知她費過多少工夫從多少地方能夠搜羅到這麼些種類各別的螺殼。

落日的金色映射著淡綠海面，反照到她的有力的一雙紅手與螺殼上面，「這是一幅美與力量的佳畫」，我想。

但後來她停止了對手中玩物的賞覽，用力地把它們全埋在自己挖好的沙坎裡。不久，那一籃子的螺殼都被她埋葬了。剛才堆起的小沙山又回到原來的地方，她把沙坎填滿之後，又給那些美麗的而且空乾的屍體築上墳頭。

籃子提到她手中是那麼空蕩蕩的，接著，她向左右望望，順手把它丟在海裡。籃子這時既然去了所負的重量，又獲得自由，愉快地浮泛著走向海的遠處。

斜陽驟然被山峰上的紅雲接去。海，沙灘，山麓上的松林，還有呆立在螺殼墳邊被晚風輕揚著衣裙的她，都蒙上一層幽鬱的暗紗。晚潮在寂寞中開始唱著輕柔的挽歌。

似乎這一切也都為埋葬的螺殼所感動了！

在朦朧中，少女的身影，在向山坡去的小徑上消失了。

我呆立在大自然的黑暗中不知想些什麼，並沒曾追上那個少女去問問她給美麗的螺殼下葬是什麼意思。

但晚潮在沙灘上泛漲起來，起初仿佛是一條柔軟黑線的輕輕移動，不久，於普遍的陰暗中翻騰起層層銀花。同時，山上的夜風颯颯地為潮聲助著威勢。雖然原是靜謐的空間，這回卻開始奏著交響樂了。

皎月，清波，與夢境似的山林的幽穆靜對，自然能給遊人一種靜美中的綿感。但這一晚上，壯烈的風，濤，高山，大海，湊合出激劇，震動的強音衝破了黑暗，卻正是表現出情緒的崇高，雄偉，人間悲劇的頂點！因為這是悲劇中的主要成分，它需要刺激，需要動，與無力的和平、沉靜——使人見到常常是微笑，是想瞌睡，與精力的從容耗散的那些光景不同。過於幽沉的境界不能用力去破壞任何東西，可也不能用一種力量與動作去提示人的精神往崇高與雄偉中走去。鬆弛，疏散，是隨從著走向消滅的伴侶，而悲劇頂點的壯激，震動才是複生的機緣……

風濤聲中我仍然立在突兀的巨石後面盡著狂想。

但一個卷浪從海上打過來，越過沙岸，與一堆堆的巨石吻觸著，即時下去，挾著碎石，流沙，重行回到海的懷抱之中。恰是一段不可遏抑的情火燃燒著婦人的心胸，逼出了她的灼熱的舌尖，向她的情人作一種難忍的誘惑，卻又不願意使他立刻接觸到灼熱的烈感，收回去以待迅速地再來。

雖然巨石被水沫吞濕了一片，這不過是給予它以勇敢的試驗的機會。海，她知道那些雄強的石塊縱然渴慕著她的熱舌的舐沫，卻又沒有投入她胸中的可能，於是海在悲劇的挑撥中完全以岸上的巨石成了妒恨、憤怒的對象。

山上的群樹一齊譁然，仿佛對巨石的木然狀態加以嘲笑。

在這時，沒有光，沒有憐憫，更沒有沉靜的和平，只是大海在空間施展她的戲弄的權威。

忽然有一陣輕嘲的嘆聲從我身後的櫸樹林子中發出：「堅強的意志！你，經過宇宙永劫淘洗的意志，這一回不怕沒有投服於她的危險？……啊！啊！沉默，你在這裡曾沒出過一回聲息，光與雨與風，雪，任管是怎樣對你剝蝕，蹂躪著，沉默，沉默，是你的惟一的抵抗。在靜立中，這便是一個偉大的輕蔑，對於我們！忽生，忽滅，支持不了威嚴的鍛煉的我們，你不是不屑與我們計較什麼？但今夜的暴風雨——中夜以後她要趁這難逢的機會用她的袒露豐滿的胸懷把你擁抱了去，征服了你自信的剛強意志，成了不能抵抗的俘虜……」

巨石默默地不答覆。

「到底是自以為雄偉卻不懂得聰明的技藝，你瞧！深深埋在沙中的那些美麗的屍身，他們曾在活潑的少女手中經過洗滌，雖是被青春拋撇了，究竟他們找到了藏著美麗軀殼的所在。那些微小的只是供人賞玩的小東西，在你，你傲慢沉默的巨石——自然是看不見，然而他們懂得什麼是『生之眩耀』，也懂得機會的趨避。不是？光澤明麗的身體應該在柔濕的沙中掩藏起來，好躲避這個暴風雨的來臨？」

「但雄偉沉默的巨石，你雖然有永恆的力量蹲踞於海岸上，自然威力的剝蝕終會消滅了你的身體，打碎了你以為是堅強的精神。」

「到時會找到長久戰爭後的遍體創痕！」

巨石像專心傾聽那些好嘲笑的樹木的諷語，依然不作答覆。

倏然，空中閃出幾道明耀的電光，像是投下幾條金鞭拼力地打著喧濤，似乎催迫她分外用力吞蝕著海岸上的一切東西。同時，我也看見正對著巨石前面的沙墳早已毫無蹤影，被汩汩退落下去的浪花壓平了。

貪聽自然的爭鬥聲，我不曾顧慮風雨的來臨，立在巨石後面想能聽得到它的一句答語。

然面它一直保持著沉默，不說什麼。

海的暴力繼續著向上增長，銀光的浪花時時撞到巨石的頂部，又迅速地退下去。由甜媚的引誘一變而為憤怒的打擊，失戀後瘋狂似的勇敢，野獸似的咆哮，沙，泥，碎石，枯草都不值它的團捏與挾帶，這時她整個的力量仿佛專為這頑強的巨石而來。誰知道？經過幾世紀的爭鬥與間斷的平和，她終不曾把巨石吞入胸中。積存了多年的恚恨與嫉妒，她再一回的性發，也許知道劇烈的風雨快要來到，這是一個不可失的打敗由愛而恨的情人的機會，所以她用力對他搏擊。

閃電一來，乖覺的山上樹木似乎也打了冷噤，不敢向頑強的巨石說風涼話了。秋之命運使它們曉得了肅殺的悲哀，雖然要想坐觀海與巨石的成敗也有點來不及。起初是颯颯的風聲抖震著它們的衣裳，搖動它們的軀體，後來，沉重的雨點迅速地吹下來。

快夜半了，我摸索著小路走回山間的寓舍。

這一夜暴風，急雨，還有轟轟的雷聲，直到黎明方才止住，但我追念著聽來的樹語沒得安睡。

第二日清晨，寒冷，風雨住了，濤聲低緩了許多。

再跑到夜來站立的海岸上看，像發過瘧疾後的病人一般，海雖然粗率地呼吸著白沫，卻不是盡力地噴吞了，只是疲倦地緩噬著下陷的沙灘。找到昨天那個多情少女埋藏螺殼的地方，新墳早沒了，鬆窪的墳坎中什麼東西也看不見，只餘下一個淺淺的水窟，髒汙的水面上還堆著一些腥綠的海藻。

這個美麗舒適的藏身所在經過海潮與大雨的沖刷卻變成這樣！向高聳的山頭上望去，原來有些無力的病葉這時都辭枝而去。柔弱的樹木連根拔出，斜欹在岩石上面。破碎的葉子連飛舞的餘勁也沒了，安然軟貼在泥堆林草與石縫中間。

啊！頑強的巨石仍然瞪著他那些黝黑的目光，似在微笑，又似在沉思！蹲在峭壁下面絲毫不移動，就連身上牢附的青苔一個苔暈也沒曾消磨了去。

我對驕傲與有威力的大海輕輕地吁一口氣。即時海面上湧出東方的太陽的金色。她也在平靜中微笑了——像是對著岸上的巨石相視而笑。他們原是很和美的一對情人，但由熱愛中來的苦鬥是一定另有一種趣味的。

不過那些懸在少女心上的美麗螺殼跑到哪裡去了？滿地輕浮的落葉怕也在悼惜它們的滅亡吧？

這又是一個平和晴朗的秋晨。

湖濱之夜

經過城市，鄉野，水程與沙漠，這個養在籠子中的鸚鵡隨著它的女主人到了東非洲的一個湖濱。

它被主人掛在主人寓房走廊的窗前，窄窄的，用鐵片搭成的走廊是俯臨著這著名大湖的湖濱。湖位置在由火山爆裂而成的山谷之中，不遠，便有幾萬尺高的險惡的群山。

雖然湖是在山谷的中心，但面積很廣，浮上一層熱氣的碧綠水面，映著幾個突出山峰的倒影。湖邊滿是高大紛披的熱帶植物，陰深蔽日。間或看得見土人的木屋錯落於植物中間；說是木屋，卻完全是用大樹的枝子砍下來編插成的。屋頂上的草皮映著太陽分外有光。由湖的高岸向通平原的路上去，那些小屋子如綴星似的合成小小的村落，斜陽中可以看到三個兩個周身裸露，頭上油膩膩的黑人在他們的木屋旁邊工作。

雖是久於旅行的鸚鵡，驟然到了這個異境也使得它感到跼蹐不安！它聽過女主人與別人的談論，聽過讀出的那些探險小說的怪事，它也在動物園中聽過同伴們敘述黑人們的故事，以及這裡的走獸、水族的厲害。現在，它俯看這一片深深的湖水，遙望著毫無禮儀與「文明社會」隔絕的土人，它覺得身上美麗的羽毛有點往上豎！天氣怎麼熱，卻像中了寒疾一陣陣的不自在。它一切都明白，主人敢到這個地方來自然是有他們的「文化武器」保護著，不會有什麼危險，但心理上的不安任憑有一隊會用新式器械的兵士圍在旁邊也消滅不下。

在所謂文化的訓練之中，它變成了一個外貌高潔優閒的小姐。哪怕是一點小事它會把兩隻臂膀直挺挺地伸到小肚子下面，兩隻手緊緊握著，喊一聲：「我的天爺爺！」或者，旋轉過柔軟的腰肢，揚起雙手向後斜伸，正好等待一個俠士從身後大步飛過來，一把把它摟在有力的鐵臂之中。這才是合格的姿勢。它雖然在平常時候也摹仿女主人的動作：拳拳爪子，扭回脖頸剔刷著翎毛，自覺得一舉一動都是表現著自己曾受過高貴文化的教養。不過，這時它呆呆地立在踏棍上向前直看，心老在跳動，一點點悠閒的款式也做不出來了。

窗中女主人與房東縱談著疲倦的夜話，在白燭光下飲著劇烈的酒汁，慰藉他們的寂寞。幾條高腿的獵狗在門口蜷伏酣眠。

這時已是黃昏後了。

星星在湖水上面耀動晶光，雖是夜空，而淡藍色的天幔還可約略映出如珍珠的大小星星嵌在上面，可惜沒有月亮……鷓鴣一轉念，反覺得它來的機會恰好，如果有皎潔的月光，那麼湖面與湖岸上的一切東西都看得見，它將一夜不能安眠。在暗中它動也不動，很想趕快入夢，忘卻了這異地的恐怖，等到天明好再隨主人他去。

不久，屋子裡的燭光滅了，主人早已休息，卻把它孤零零地放在外面。

「為什麼不怕我被這裡夜間的大鳥拿了去？卻忍心地丟我在空虛的廊簷上呢？……」它乖巧地想著引起孤獨的微怨，它想向來是提攜保護它的主人怎麼到了這個蠻野怪異的地方也失了常態？

四圍望望，一點的火光沒有，空中的星光映在蕩蕩的湖面上，像一匹發亮的黑軟緞罩住一個悍婦的前胸。連熱風也不吹動，許多散披的下拖的如自己尾巴樣的植物葉子，寂靜中不作聲響。濕霧在湖面，山峰，草地，泥沼上到處散布，黴濕中挾著腥涼氣味。她在大籠子中怎麼也不能安睡，一種抖顫潛藏於它的周圍。

它對於自己弱小的生命與美麗的身體向來是謹慎慣了，覺得一到這毫無現代人文化的地方，為了憂愁起見，它雖然想到睡眠，也想到提防突來的災害。

「噓！……噓！……」接著廊下的水面上有一種激動的悶聲。

它不自主地跳了一跳，周身像觸了電流，沒敢往下看。

「噓！……噓！……」這次的聲音更大了，而且十分相近。明明是一個生物的粗蠢的氣息，與在水中轉動它巨大的軀體。

它到這時才敢向下窺探，什麼也看不出，只是走廊前壁直的石岸下有一條粗大的黑影在水面上蠕動。再待一會，借了星光方看出一個尖長的巨口，露出上下兩行尖銳的白牙暗中發光，卻看不見這怪物的鼻、眼。

它竭力端詳，一個喜悅的回憶增加了它的勇氣。它記起這個怪物的形象與它在「文化大城」的動物園中所見的鱷魚一樣，並不是什麼妖怪與有神祕本領的異物。它有不少次的經驗，隨了女主人和主人的朋友在那些專門豢養生物的大園子裡，曾與這些「醜類」見過面。人家給它們專用玻璃搭成的溫室，無論什麼時候要保持相當的溫度，掘成水池，栽植上熱帶的植物，池邊用欄子圍繞著備人觀覽。它常常笑那些「醜類」，如同黑人們能夠住在有水門汀、地毯的大房中一樣，都是人家的提攜，他們方能享受這樣的幸福，方能懂得什麼是「物質的文明」。看，它們有時仰起頭來等待園中工人給它們按了定時餵養的食物，它們是那樣的安靜與和平，這與安享那些大城中的文化賜予，而變化了他們的蠻野與原始性的……一個樣。……

它想起這些光景，忘記了目前所在的是什麼地方。它嬌呻一聲，出其不意地水中那個「醜類」打幾個轉身，向空中噴出水的腥沫——冷濕的水沫沾濕了它的羽毛。

仿佛觸動了它自以為是的文化的尊嚴，它從經驗知道這些「醜類」並沒有騰空、傳電的本事，左不過憑了它們的爪、牙尋捕食物，何況這個石岸有幾十尺高，又是十分光滑，「醜類」們是爬附不上的。它摹仿著主人高貴的音調說：

「你，這無教化的東西，只可在沒人到的臭湖裡自己得意，對於客人卻這麼毫無禮貌！……你懂得？你的同類們受過文化民族優遇的……啊！多麼閒雅，多麼安靜。……」

它還想有一篇完美的勸說，沒等說完，突然，下面的「醜類」發出呵呵的笑聲，把兩行白牙左右搖磨著道：

「貴客，嬌柔的貴客！我們不曾學習過有文化的招待禮儀，我們更不想向你們諂笑。不錯，這湖水臭得可聞，可是既然到來，你便當享受。我的同類，哎！

哎！不像你的同類一樣？其實就說你吧，你自然懂得這些，因為受過所謂文化民族最好訓練的，我的同類受豢養於小小池裡，與你，在這玩物的籠子裡正是合宜的對照。華貴的小姐，你到處找面鏡子照著修飾你的美好的羽毛，取悅你的主人，這是你的榮耀。你也提什麼教化，比較蠻野與文明？我的小姐，我佩服你的聰明，可惜像這樣的聰明在我們這裡卻沒處誇耀。」

鸚鵡想不到這醜東西居然敢對自己爭辯，而且敢說出這些愚昧的話，它想不用道理把他折服，損失了自己的身分。它啄啄翎毛記起了一段深沉的道理：

「……說來你不容易明瞭，可是為了上帝——我的聖主的緣故，我不能不告訴你。你明白？什麼是一切生物的『生之享樂』？如果社會生活沒有相當的集合成的正義觀念，沒有高尚道德感情的發達，那永不會有進化的可能，也永不會達到『生之享樂』的目的。都像你們這些醜類在這霉濕的地方自生，自滅，沾不到一點點的文化，多可憐！環境把你們長久蒙蔽在盲目般的窟穴裡，不懂得生，不懂得進化；不懂得群體生活，不懂得高尚的道德情感。……」

「咦！你說教的心太熱了，我替你增加上一句，不懂得取媚的方法與向有勢力的主人投降的技能吧……」

「喲，你雖然冥頑不靈，雖然與有文化的及善意勸告的言語為敵，可有什麼用？第一，歷史的紀錄最可稱頌的是互助和獻身於同類的勇敢行為。第二，需要結合各個的力量，能夠共同地作『生之享樂』，向進化的大道上走去。這些事都得先進的同類誘導那些還在蒙昧中的族屬，使他們曉得生之道理，與『生之享樂』的真趣。因此，便需要服從與長久的忍耐！假使你們還是互相虐殺，互相吞食，永遠是石頭的心腸，不懂得什麼是高尚的同情與互助，強橫地拒絕文化的指導，那麼是甘心自居於醜類，不能了解人家開化你們的苦心。好！……凡是冥頑到這樣不可理喻程度的，與你們的黑主人一個樣，漠視進化的機能，不服從文化力的指導！……」

它把聽來的這些強有力的學說在這個暗夜中得到宣揚的時機，對這久處於濕熱湖水中的鱷魚裝作慨嘆、惋惜的態度，巧妙地盡說不休。但那個「醜類」聽到這裡再沒有忍耐的可能。便在水中躍了躍他那笨重有力的身體，向高高的廊簷上大聲叫道：

「你也講互助，講獻身的勇敢行為，還有結合的力量，還要教我們都懂得生之道理與『生之享樂』？……好一些貼金的言辭，你正不愧是有文化的嬌貴主人家豢養的一隻小鳥！對，我們也盼望有什麼善意的文化啟示我們的蒙昧，感化我們的無知，可是如果我們盡著向你們所說的窟窿中求見天日，我們整個兒要失去我們那點『硬勁』！恐怕就剩下了在那些好看的園子中被當作玩物，與供你們作研究資料的同類了。不是？離開你們那些巢穴，供獻上你們不會使用的土地，這是進化的公例，應該讓給有文化的族類開發，利用，享受。於是，奴隸殺戮，饑餓，便是蒙昧的我們的報償！你這利齒尖嘴的小姐，不必替我們擔心，我們不敢領受你們口頭上的『文化指導』，我們更沒有同情於被人滅亡而還自附於高尚道德的那樣奴性。在這裡，我們有的是頑強的力量，為保護我們的族類，為不受文化那個名詞的謊騙，我們要以血腥同你的主人們搏鬥！自然，沒有那些乖巧，我們也明白許有不幸的結果，可是淨等著作奴隸的層層教訓，對不起，是個生物他便不容易有那麼大的耐性！」

「噓！……噓！……」

這「醜類」借著鼻孔中噴出的水沫，發洩他的憤怒。有力的水點直向鸚鵡的頭上射落。它一陣冷顫，不由得撲動翅膀在籠子中作了一個反身。可使它雖欲與這可恨的東西爭鬥也飛不出籠子去，何況它方在顧惜自己周身有光澤的紅紅綠綠的羽毛呢。但是，它轉念到早晚這片土地與這樣的「醜類」一定會被它的主人們征服，即使在這一時它受到侮辱，可以圖報復於未來，它不禁心上寬慰了好多！它重復安然立在籠子中間，用滿不在意的口氣道：

「你只是有這分蠻野的本事與不自克服的強辯，好，我們看，等待著你的未來。」

「未來？……」鱷魚搖搖頭：「好，就是等待未來吧！像我們要與人拼命的『命運』，自然不必爭論了，可是你的主人們，與你們這些伶俐的小鳥兒也未見得能夠長久保持未來的強橫命運吧？」

它們相去那麼遠，一時當無從爭鬥，而話的是非到此地步更沒了轉圜的餘地，於是彼此都不作聲。

它們是在等待未來的教訓，它們在昏暗中互相久視。

一個驕傲而又恐怖地關在人家的籠子裡，一個卻浮游於蒸熱的湖水中，仰天吐氣。

夜深了，湖上浮罩著一層淡淡銀光，在高大的熱帶植物的密叢後面，初升起了微眩著虹彩的明月。

「古生代」或「新零代」

骷髏，從小山下的土崖旁被連日的豪雨沖出土穴外。

它借了大自然的恩惠，撥開窒息以及遮塞眼窟的泥土重見天日，全體清涼，「靈明」一從沒有腦髓的骨竅裡向四處發送，同時復活後的狂歡使它忘卻自我。

馳逐在空無所有的大地上，連個蓬棵也觸不到，更無任何微小的生物能夠阻妨它的自由。

「啊，啊！這是人間世界的，第一次大解脫，清而且雅，多安閒，多平靜，多太古化呀！太古還不行，有點近乎『人之初』的前一時代！更遠點，更遠點，『中生代』？否，簡直是那些傻學者們所說的『古生代』罷！年光倒流，且不必計算真是幾個萬萬千萬……年，今天，卻變成自個雄長的世界。像是記得死前若干年（不值記的小數年歲）曾經被自傲的博學老人向腦髓——多軟多粘附的可憐液體——灌入好些無聊言辭，獨有一句話仍然保存在空空的『靈明』府中。是『古生代』或者只存著些單細胞的東西罷，高等的生物一無所有！

「啊，了！寄在叫做『人』的體上，那時我不是最最高等的生物麼？『高等的』些什麼？……

沒有一朵小花的真美；
沒有一塊頑石的堅硬；
沒有一道清流的明潔；
沒有一隻飛燕的自由。

傷殘，損害，熬煎，苦痛，毒狠，自私，占取，殺戮；對人，人亦對己。總之，是用抹蜜的巧口傳播出互相欺騙的人類語言，是耗費上帝的寶貴顏料，把世界塗成醜惡的圖案。

「啊，啊？居然歷過死後的漫長時間，重見天日，而且像是回到『古生代』了！這麼脫去粘滯的真『靈明』，才能為了四大皆空而自在揮發……」

突然有鋼片磨擦的大音來自空間。

有音響？「古生代」中會有生物的飛翼——鋼鐵般的飛翼？

骷髏停止「自由」滾行，停止它那「靈明」的自在揮發，枯乾的眼窟向上仰望。幾近生前所知尺寸度數的約合寬橫五幾丈的四隻黑翅，拖著尖長斑斕的肉尾，像鱷魚的大東西，猛勢像倒下山頭似的向自己剔透玲瓏的個體壓下來。

骷髏究竟原性不滅，也突然恢復了它那若干萬年前的人類本能，緊緊滾行，不免於「畏懼的」趨避本能，使它迅疾轉入一個極巨大的圓石遮蔭下面。

像鱷魚，像大鷲，又半像蝙蝠的怪物，尖叫一聲空氣震動——幸而還有空氣！骷髏瞅定它雖然在大圓石外盤旋，一對被尖鼻分隔在兩面的血紅圓眼只呆呆凝望，看樣比自己生前時代的跳蚤蛉蟻的機巧還不如？

於是，它覺得自己終是具有萬物靈長的資格的膽力，「陡然」「人」威奮發。

「這是幻象，是白日的夢景！『古生代』中只有單細胞活動，有聲，帶翅子，拖尾巴的從哪裡會來？」

「唉！我是人類的零餘。」怪物聽到原是一系的人的語聲，它也把過去的「靈明」暫時恢復了。

「人類？人類的零餘？有世界以來最大的騙子，不可想像的謊言！我才是有形有性的人類奇跡的存留：教我由生入死，由死入迷，由迷再覺……為的回到

『古生代』歷驗『人之初』以前的境界，為人類保留下最最寶貴的知識的經驗。你？……啊啊！或是魔鬼的化身來試探我？……」

「骷髏不是生物……空學人類過去的言語。誰是魔鬼？我有血有肉，具著飛禽爬蟲等的形質，人類怎可否認？你說回到『古生代』，神祕的欺騙！以為你生前的世界真的向過去原時代退走？我才是人類步步進化的成績之一，祖先從人的支系上一脈傳來。

「你以為早早保存人的頭型，並且以為是復生於『古生代』反不承認真正人類的後嗣？愈進化愈有豐富變化，混合的，更尊貴的零餘者。你，應該更向土中沉沒，更在地底腐化，可詛咒的與可憐憫的！」

骷髏聽這突來怪物的進化論，自己空竅中的「靈明」有些把握不住，反而彷彿自己倒像是真被魔鬼作弄，也或者就是一個人類的虛妄的夢景？

於是，漸漸更向大圓石下的窟穴中沉入，隱避，對於這人類的零餘的怪物，即生肅然之感。而且，對於時間也摸不清是向「古生代」回轉？還是在「新生代」中進行？於是，那依然能飛能叫的怪物——人類的零餘者，對著又圓又滑的大石不屑低看地楞了一眼，翩翩然展翅飛去。

海濱微語

一隻手

我看明白了一隻巨大的手，雖然是在不露星光的暗夜之中。

並沒有暴風雨，夜是如此的安靜，一切都沉睡在地球母親的懷抱裡。誘人的野草芳香在四圍中到處散布著，細細河的河流上的長身植物的搖動中仿佛有露珠明閃，但那真是全黑暗中的微光。我從遠旅中歸來，經過波浪滔天的大海，經過險峻峭拔的山峰，經過尖石犖埆的峽谷，經過急流飛喘的流灘，現在到了這無邊的平原——也或者是低原吧，它是沉靜，漆黑，沒有聲息，只有不知名的野草芬芳，不確定的露珠明閃，除此外是死一般的寂寞。

滿地泥濘，像是經過了相當的雨量吧？頗有些難行。但在我是無妨的。我因旅行的經驗，最會走路的方法：我能在大道上作古式的方步，能在崎嶇的山道上作蹲蹤取巧的小步，能以回環的走，彳亍的走，甚至以手代足的走，更好的是會走捷徑。但這卻是在一望無邊——黑暗中想像的一望——的大平原中，可不能施展由經驗而得來的奇巧步法，也能行，不過是泥濘罷了！在我們的故鄉，泥濘原是常態，由泥濘的步行中最易學得拔腳的技術，只不過是左彎右轉，踏空不踏實的九字訣。所以這奇異之夕除卻沉悶得難過之外，並不十分感到行路的困難。

「平靜」是一切事最善良的方策，於是我便任步地躑躅於泥濘的平原之中。

然而在前面……在前面，的確，有一個怪異的東西啊——那是一隻手！一隻偉大可怕而有力的手！

也許是在遠處的河岸上吧？借著無數露珠的光我看見它有時揚起，有時撲下。大的巨指如同小樹的樹幹，如起重機般的在稱量一切的事物分量。這是真的幻象。我的旅行的經驗不能向我解釋，不能對我防護，它存作什麼呢？

我終於蹲坐在泥濘之中，卻也奇怪從巨手的扇揚中我仰頭看明白了銀色的星河在高高的空中搖動它的全身，而即時如萬花筒中的金星星一樣，天上所有的星光都隨了這不知所從來的巨手在流動，明閃，飛落。

即時這平原都在巨手的陰影之下。

飛星的流墮似是代替了這一晚的暴雨雹。

我的步法似乎無所用了，蹲在泥濘中想賞鑒這恐怖或妖術的奇觀，但覺得頗有些飄飄然了。我的身體漸漸高起，同時巨手的暗影卻翻在下面，啊！原來這其大無比的手已將這泥濘的平原托起了。

不知何所往？只俯看著柔弱可憐的露珠之光閃得越小，而四圍野草的芬芳嗅不到了。

漫空中只有這隻偉大的手影？然而我的奇妙的步法！

生活與直接親知

轎夫的話

（嶗山道中）

「先生！……你看這荒山薄嶺，瓢大的地，碗大的田，
在亂石與山溝裡才有人煙。
就是扛轎，砍柴，靠山吃山，
哪裡來你們吃絜了的白米麵？

「先生！……這地瓜乾兒味道真不惡，
包管你一口都不能嚼！
去年咯，一秋大雨沖翻了沙窩，
連這點東西充饑也撈不著。

「先生！都說這個地方的風俗令人心傷，
陪人睡的妻、女，就在村場。
誰知道這窮地方一個銅板來自何方？
真是哪，『富人不懂得窮人慌！』

「可是呀……先生！有一樁事兒比城裡的人來得強，
你猜！那個山莊裡也有八十九十歲的老娘。
喝著泉水吃瓜乾，並沒有米肉能嘗。
先生——空活了大年紀又待怎樣？……」

一九二八，七，十五。

這不是詩，是我們在嶗山的山徑中聽見轎夫的話，我記下來的都是實在的情形。想到「餐風飲露」或「不食人間煙火的神仙傳說」誠屬無聊，但他們，傍海的山中居民的生活在近代一切物質文明化的西洋人看來，善意地說，他們能不以為是不食人間煙火的生活？然而這些純樸的居民好平靜任自然，對一切沒有競爭心，沒有嗔怒意，這不止是西洋人不解，即在我們也有些不能輕易了解他們的生活觀念。錯了，所謂觀念，尤其是生活觀念，能以從他們純樸的心中找出多少？現代哲學家羅素先生曾主張對於外物的知識是：「既要依附共相的存在，還要依附對於共相直接親知方能成立。」的確，知識不明了，向哪裡去尋求生活的觀念？然而話說回來，每個人對於共相的直接親知有多少的程度，他的知識方有多少的分量。他們對外物先難得在感官上有新激動，如何能起心理作用，更說不到有「括向」以及「了知」了。

野馬跑遠了，忽然順筆說哲理自己也覺得可笑，然事實與觀念的確是一條鏈子，我們看一切不能只窺察那表面的形態，不要忘記了內在的造因。

……話再說回，我們在烈日灼體中扇著蒲扇，還有人有時坐在藤轎上不住地爬石越嶺，一天之內，便累啊疫勞啊在互相喊著，以為是十二分的應分說的話。但他們呢！挑了累重的行李，有的赤腳穿了草履，有的只憑一雙厚度的腳板在尖銳燙熱的石上盡著前走，真是如同羅素所說杭州的轎夫常是笑嘻嘻的，這豈但在杭州，豈但轎夫，這正是中國民族的原來的普遍常態，而不是矯作的（這種態度的好壞在此不說）！其實如果拿國民性去解釋，我總覺得分不清澈，實是對於外物的知識問題。然這九個字又豈易混沌了解，卻是要看對共相直接親知的程度如何。

如不信請看都市中活動於機器團體下的勞工。

然而所謂「胼手胝足」中的中國人能以永久保持這無嗔無望的笑嘻嘻的態度麼？

一九二九，九，一。

扶疏樹蔭夢語

看蜻蜓的角度

中夏的驟雨過後，到處都是活生生的一片新綠。人，覺出悶熱後的清涼；就是「路行喙息」之流罷，也抖擻精神，瞅空兒在蕩悠悠的空中與濕漉漉的地上掠一翅子，打一滾身。

蜻蜓，穿得明薄，飛得輕飄；既不肯叫出各種怪聲惹人生厭，又不像金朗蒼蠅，花腳蚊蟲，以襲取、吮吸人的血汁過活。於是中年人拍著手掌：

「看哪！有了蜻蜓了。」

這口氣是「無善無惡論」的根基，來也好，去也不怎麼追求。可是，薄黃的顏色，抖動的姿勢，像慢旋著所謂「纖腰」的也像乍逗風情的「媚眼」的舞女。

於是中年人並不覺得怎麼違反「心靈」，便有「看哪」的提示。

老頭子、老婦人不說什麼，意思是：「讓它去罷！橫豎世界上定規得有這些輕飄飄而懂得如何賣弄、如何炫示，如何善於利用時機，『掠一翅子，打一滾身』的東西。讓它去罷！」雖無言語，卻也沒有逐而去之與厭惡煩恨的心情。

小孩子睜大了眼睛，欣賞它的神奇，會飛，會翩翩的，斜閃的，穿花似的，耍把戲的「飛」。又有閃光，有輕動的俏皮姿勢。最可怪是一聲不出，比蝴蝶還活潑，比花蛾更美麗。它簡直是空中的飛船，樹裡花間的飄羽。他們不會文字的形容，卻被一團美麗，一片欣慕的天真熱情引得口張，眼大，可望而不易「即」。

由於行動，羨慕，由於可望而不易「即」；由於美麗得自己壓不住佔有的暗「欲」，於是刑具有了：黏竿，網子，蒲扇，齊向蜻蜓進襲。為了什麼，吃下去嗎？有用嗎？不，不！為的美麗的奪取，為了佔有，更為了熱情。

「熱情」騰升到沸度，便是破壞與奪取。

「美麗」炫弄到了精神迷失的程度，變成了不可免的醜惡的實現。

結果自然可想。

及至翅落，腿折，碧綠的纖腰不能顫動了，輕送的媚眼像乾琉璃片一般，毫無神彩。

孩子們的熱情在茫然中消冷了，美麗的追求把浮游閃動的渴慕——到手頭時，卻七零八落，羽毛離披。他們的口角收攏，眼睛呆鈍，喉嚨中像被還帶乾熱的灰燼搡住。

那時，中年人搖了頭似乎不以為然，卻也不以為孩子們有大大不對。只是一片「風情」的迅失難免微微的空虛之感。「看哪」二字本無熱烈的引慕，自然也不會大有憐憫之感。一閉眼，那「纖腰」，那「媚眼」，在眼瞼下閃爍，扭動，但他明白比喻的幻滅，向空虛中認真設想一何可笑！

於是搖搖頭，睜開白眼，向上下四方「彌」望，精神爽然。老人呢，當然還是「讓它去罷」的形而上學可以包括一切：善與惡，是與非，美麗與醜惡，生成與破滅，熱極與冷栗。「讓它去罷！萬事萬物有其然，自有其必然。」

一九四六年秋之園中

獻辭

詩國裡一樣有最複雜的人生，也具備人生的種種情感與思想。

詩，並不是超出人生的藝術品，她反而是最精誠，最懇摯，最微妙地把人生考察過，透視過，提煉過，用有節奏韻律的文字或言語複述出來，挑撥人的尋思，激動人的感觸，提高人的理想，陶冶人的性行。總之，她不是徒供裝飾，徒弄虛玄，徒然作人間無聊的點綴品。

美，不錯，善，也不錯，但頂要緊的還有「真」。只管在詩的言語中可以利用擴大，華麗的表白，增強感人的力量與意境的調和，但，詩人的心先須與真實結成一片堅牆，合成一團膠泥。先有一個噴發熱情的火口，一支撥動心聲的弦柱——無一毫矯揉造作，而具有難於遏抑的真情。這是第一步。至於怎麼使之變成美的言語，須看詩人的修養，文字的巧妙與對一切縝密的觀察，「綢繆」在意，「莫逆」於心，然後借手寫出，借喉唱出，「真」與「美」結合起來便自會把「善」的領域佔領。

但所謂美，不止是華麗與漂亮。風雨的暗夜，街頭巷尾，向遙空伸出一隻黑手；火炬通明，狂歌漫舞的草原上橫倒多少血跡淋漓的屍身；密林中一聲鴟叫；荒岸邊突擁起爭自由的波濤，美不盡在從容，豔麗，縹緲，清雅的形容詞中，她包括了一切的人生型，一切為生活而湊泊成的意象，只要是富有動人的魔力的，都不愧這一個字的稱量。

不須引用多少美學的理論，更不須向古今中外的詩作裡舉什麼例證，但寫詩是用言語巧妙地表達真感。而如何表達，如何從一個心到一個心得到無間隔的和鳴，這都是所謂詩的原質與寫詩的藝術問題。

一個民族，一個國家，說是向來沒有詩歌的產生，或是她的人民並無詩歌的感受，是誑言，是囈語。

一個人永遠是散文型的，不會帶一分一點的詩氣，也許有？不過他已失掉，或將要失掉人生的珍寶！

誰說現在已不是詩的時代？以為到處震動著機械的威力，到處是倥偬的人生……錯了！詩歌，不止在閒適安靜中方能產生，她正是「儀態萬方」，人類的情感與思致一天不化成僵石，一天不失了腦的活動作用，任管時代怎樣變更，到時她會以與時代相合的姿態而浮現在時代的面前。不是？幾千年的流光過去了，人間經過多少次的翻滾，為什麼我們還不能夠把詩歌趕到這世界的外面？勞人借歌聲可以忘卻疲勞，兵士借高唱增加在戰場上的勇氣，往日的婦女以此抒發她們的幽情，現代群眾為了團結也要有鋼鐵的合奏。為什麼我們不需要詩歌？尤其是在這個大時代中，痛深、創巨的我們的國度裡！

如果有詩人的才質，情感與藝術，這正是一個詩的時代！準會有豐富，完美，使人悲壯，使人希望，使人人心頭燃起火炬，撥動鳴弦的詩作出現！

回顧二十年來，從新文學運動開始，第一個產生的新嬰便是我們的詩歌。衛護、養育到現在，他應分成了壯健的青年。他，論年齡，論體力，也正在一個燦爛、活潑的青春期，對這樣可寶貴的青年我們為什麼不給他一點教養，一股壯氣，一些滋養的食糧？

因此，我們在這風雨飄搖的苦難中編印這本《詩專號》，不敢自詡是有偉大的力量，然而在多數作家與詩人的評論介紹與歌唱之中，我們想給新詩燃著一個催響的火爆，給多數讀者一股動盪靈魂的熱情。

至於主張上未必從同，寫詩方法上也有差異，這有什麼呢？我們不是借這個《專號》來擁護某種詩派，也不願呆立在歌唱者的窗前作單面的沉迷。但不同中也許有一點「同」，就是我們希望現在與未來的詩之國裡有：

真實的情緒，
勇健的精神，
恢闊的態度，
精巧的方法。

借此給我們這樣艱苦的人生增加尋思，激動，提高與陶冶的詩之力！

末後，我們引用並非新文人的美國愛默士的兩句話，擴大並且堅定我們對詩歌未來的信念：

「凡現時屬於人生的東西遲早總要成為詩歌的，而且每種優美與勇武的性格必都將增富歌曲的調子。」

我們的意思

近二三年來定期刊物，真的，如「雨後春筍」了，特別是所謂文藝刊物正各自在這大時代中爭著，奮躍著，掙扎著，呻吟著他們未來的命運。這究竟是一個蓬勃的現象。雖然在社會上，在思想上，在我們這樣民族的國家裡，而一切時代意識的認識已給予我們對於渺茫的前程有微光的啟示與希望。這是暴風雨後的澄明？或是暴風雨的前夜？誰敢說定。然而時代的飛濤確已迅疾地掠過了我們古舊思想的防岸，與卷沒了它的荒蕪枯乾的平原，我們在此中沉浮？我們在此中隨流？還是我們在此中奔越呢？時代是無情的轉輪，自有天然的力之推動，但是我們呢？

光彩絢爛的微光正射在我們的遠處，時代思想更從無形中在後面向我們追逐著，於此中我們自不容其遲疑，回顧，我們想借文藝的力量來表現我們的思，感，與希望，但這並非是以文藝作品作何等宣揚，與思，與感，與希望，在任何偉大與超越的文藝中能脫卻、避免時代意識的明指或暗示呢？

文藝自不能以地域為限，但在這風景壯美及近代的新都市的各種刺激與現實的青島，我們平常想望著有這種刊物，這不是為「河山生色，鄉土增光」，或是迎合社會需要之陳舊的與投時的貨品的觀念，但在天風海水的浩蕩中迸躍出這無力的一線青潮也或是頗有興致的事吧！

我們的意思只是這樣的簡單與籠統吧，我們只希望借此小刊物同大家來以時代意識認明什麼是文藝品，以及由文藝品來點清我們的人生。至於再進一步問何為文藝品？何為時代意識？則自有他們的本質在，這絕不能以何種定例，原則，可以歸納，可以範疇，可以不許它跑到圈子外邊去的。

至於共同來辦這個刊物的只不過三四人，作始也雖不必不簡，但我們以誠實的希冀盼望好文藝的朋友們的助力！

也正如某雜誌一樣，這刊物內最古的與最新的作品一例容納，只以作品的價值為準，這也是須附告的一句。

就這一點——如大海中微波一點，我們借她飛流著贈給大家。

一九二九，九，十

古剎

——姑蘇遊痕之一

離開滄浪亭，穿過幾條小街，我的皮鞋踏在小圓石子碎砌的鋪道上總覺得不適意。蘇州城內只宜於穿軟底鞋或草履，硬幫幫的鞋底踏上去不但腳趾生痛，而且也感到心理上的不調和。

陰沉沉的天氣又像要落雨。滄浪亭外的彎腰垂柳與別的雜樹交織成一層濃綠色的柔幕，已仿佛到了盛夏。可是水池中的小荷葉還沒露面。石橋上有幾個座談的黃包車夫並不忙於找顧客，消閒地數著水上的游魚。一路走去我念念不忘《浮生六記》裡沈三白夫婦夜深偷遊此亭的風味，對於曾在這兒做「名山」文章的蘇子美反而淡然。現在這幽靜的園亭到深夜是不許人去了，裡面有一所美術專門學校。固然荒園利用，而使這名勝地與「美術」兩字牽合在一起也可使遊人有一點點淡漠的好感，然而蘇州不少大園子若一定找到這兒設學校，各室裡高懸著整整齊齊的畫片、攝影、手工作品，出出進進的是穿制服的學生，即便不煞風景，而遊人可也不能隨意留連。

在這殘春時，那土山的亭子旁邊，一樹碧桃還綴著淡紅的繁英，花瓣靜靜地貼在泥苔濕潤的土石上。園子太空闊了，外來的遊客極少。在另一院落中兩株山茶花快落盡了，宛轉的鳥音從葉子中間送出來，我離開時回望了幾次。

陶君導引我到了城東南角上的孔廟，從頹垣的入口處走進去。綠樹叢中我們只遇見一個擔糞便桶的挑夫。廟外是一大個毀壞的園子，地上滿種著青菜，一條小路逶迤地通到廟門首，這真是「荒墟」了。

石碑半臥在剝落了顏色的紅牆根下，大字深刻的什麼訓戒話也滿長了苔蘚。進去，不像森林，也不像花園，滋生的碧草與這城裡少見的柏樹，一道石橋得當心腳步！又一重門，是直走向「大成殿」的，關起來，我們便從旁邊「先賢祠、名宦祠」的側門穿過。破門上貼著一張告示，意思是崇奉孔子聖地，不得到此損毀東西，與禁止看守的廟役賃與雜人住居等話。（記不清了，大意如此。）披著雜草，樹枝，又進一重門，到了兩廡。木柵欄都沒了，空洞的廊下只有鳥糞，土蘚。正殿上的朱門半闔，我剛剛邁進一雙腳，一股臭味悶住呼吸，後面的陶君急急地道：「不要進去，裡面的蝙蝠太多了，氣味難聞得很！」果然，一陣拍拍的飛聲，梁棟上有許多小灰色動物在陰暗中自營生活。木龕裡，「至聖先師」的神位孤獨地在大殿正中享受這黴濕的氣息。好大的殿堂，此外一無所有。石階上，螞蟻、小蟲在鳥糞堆中跑來跑去，細草由磚縫中向上生長，兩行古柏蒼幹皴皮，沉默地對立。

立在圮頹的廡下，想像多少年來，每逢丁祭的時日，躋躋蹌蹌，拜跪，鞠躬，老少先生們都戴上一份嚴重的面具。聽著仿古音樂的奏弄，宗教儀式的宰牲，和血，燃起乾枝「庭燎」。他們總想由這點崇敬，由這點祈求：國泰、民安……至於士大夫幻夢的追逐，香煙中似開著「朱紫貴」的花朵。雖然土、草、木、石的簡單音響仿佛真的是「金聲玉振」。也許因此他們會有一點點「前不見古人後不見來者」的想法？但現在呢？不管怎麼樣在宣導尊孔讀經，只就這偌大古舊的城園中「至聖先師」的廟殿看來，荒煙，蔓草，真變成「空山古剎」。偶來的遊人對於這闊大而荒涼破敗的建築物有何感想？

何況所謂蘇州向來是士大夫的出產地，明末的黨社人物，與清代的狀元、宰相，固有多少不同，然而屬於尊孔讀經的主流卻是一樣，現在呢？仕宦階級與田主身分同做了時代的沒落者？

所以巍峨的孔廟變成了「空山古剎」並不稀奇，你任管到哪個域中看看，差不了多少。

雖然尊孔，讀經，還在口舌中、文字上叫得響亮，寫得分明。

我們從西面又轉到什麼「范公祠、白公祠」那些沒了門扇缺了窗櫺的矮屋子旁邊，看見幾個工人正在葺補塌落的外垣。這不是大規模科學化的建造摩天樓，小孩子慢步挑著磚灰，年老人吸著旱煙筒，那態度與工作的疏散，正與剝落得不像紅色的泥汙牆的顏色相調合。我們在大門外的草叢中立了一會，很悅耳的也還有幾聲鳥鳴，微微絲雨灑到身上，頗感到春寒的料峭。

雨中我們離開了這所「古剎」。

一九三六年四月末旬

清話

——姑蘇遊痕之二

幸有賢主人我可有舒適的眠、食。每日遊罷歸來，泡一杯清苦的香茗，夜雨淒清中與陶君雜話。不定說到哪兒去，文藝，風俗，人情，世事的糾紛，都是談料。主人安閒和平的心情正如這小客室中所掛的「狄平子」的字幅一樣，在圓潤中藏有他獨立的鋒芒，在平穩後面有他的骨力。講到現代人的字，我頂愛狄氏的字法，如果將中國字作為藝術品，而還不要加以鑒賞便是落伍的罪名時。他既沒有江湖派的戾氣，獷野氣，又絕非規規於摹仿前人的筆法而無變化，不出奇，不使性，不矯揉造作，穩圓，秀勁，每逢見他的字我總要細細看一回。將字比人，也就是陶君的真實態度。固然太穩重點，然而藹然可親，言笑皆從肺腑中向外發，不退縮也不憤興，外圓而內方。如果見過狄平子的筆墨而又與陶君相熟的人可以說我用書法作比並無不妥。

就是陶君的家庭亦有他的凝合點，安和，閒靜，在那小小的略仿西式的房子中可以半天聽不到一點聲響。與大街隔得遠，又是陋巷，人力車兩輛便不能並行，真是「門無車馬喧」的境界。如果住在鄉村中此境並非難得，但在從前久已稱為紙醉金迷的蘇州城裡能找到這個靜僻的地方，陶君可謂善於擇地。屋係去秋所建，一連四大間，每間前後用木槅分開又可作兩小間，三面走廊，可以閒坐，可以羅列盆花，可以讀書，可作小孩們雨天的嬉遊地。

院子中沒有大樹不免美中不足，因為新毀的地基，原來的百年喬木都被伐作柴薪，所以獨有新栽的一棵碧桃在小魚缸旁邊開著笑臉。蘇州城裡城外像這類桃花到處都是，但在尚沒有其他花木的小院中倒分外顯出它的美麗的姿態。比人高出有限，淺紫色的柔梗上貼著尖簇葉，花是深紅淺白相間的，同一朵上有兩種顏色，這是碧桃的變種，在北方也不少。不過那麼細的樹幹枝頭上卻已開了幾十朵的花，雖當春末，仍留下嬌豔的風姿，微風搖曳，花光斜動，如同早婚的小婦人提抱著嬰孩卻不會減少了她的青春的光澤。陶君夫婦對花草頗為愛護，飯後時時觀察，十一歲頂小的男孩放學歸來也參加鋤土除草的工作。

有一天快黃昏了，忽然有人敲門，原來兩個工人送進一個高大的藤羅，老幹已有玻璃杯口的粗細，帶了幾條蔓枝。於是陶君夫人忙著招呼，命他們栽在大門的左側。她一面看著工人如何挖土，鋪根，一面對我說：「蘇州有許多園子頹廢了，主人家沒飯吃，只好將土地出賣。園中的花木自然有很好的，可惜的是老了，移栽不活，太大的連樹冠帶著差不多送不進大門。上月有一家賣一棵綠梅，好得很，年歲太久了，並值不了多少錢，但是我們沒法將他搬到門內，後來大概是砍掉了。那家急於賣地方顧不得這些，真可惜！」

接著陶君也說這幾年由上海來作寓公的太多了。都市的經濟力恰好打在舊日沒落的地主紳士人家的身上，他們守著祖上遺留下的田地，租稅既重，佃農也無力繳租，那一班好吃愛玩的少爺們架子丟不下，用費省不了，可是兩手空了用什麼來應付一切？結果只有出賣田地、房屋。鄉間的地不值錢，少人要，獨有城中的舊房空地，老園子，倒容易出脫。你不見，一帶一帶的上海弄堂式的房子，洋樓式的新建築，也在蘇州城裡出現了。近幾年的事……當年，那些顯宦或是流寓吳下巨公們的園林居室，大半都改造成灰泥紅磚的建築物……

不錯，蘇州距上海、南京都不遠，地點適中，風景還好，而到處又有軟性的享樂，小吃品特別著名，風俗還是舊日的存留，一般有錢有勢的人很歡喜在這兒找地方作退休地，好吃好玩，清靜中不缺乏普通西洋化的物質享受，到城市外盡多可以遊談遣日的地方，無怪城裡的新房子日見加多。

陶君的母親快七十歲了，走路言談都十分健朗，只是有點重聽，好在這位老人一句普通話講不來，我的蘇白也蹩腳得很，除掉飯時照應一兩句話之外用不到談什麼。不過看陶君四十歲以外的人尚有老母，而且那樣健康，時時使我回想到我的故去的母親！為家境為我與姐妹們這一群早喪父的兒女，勞苦一生，剛五十六歲便沒法延長她的積勞成疾的生命！於今，每見到陶君這樣的家庭，不禁低頭自嘆！人情是世間的維繫，母子之愛是最純真的天性，尤其像我，一切的教養全是母親的力量，往日回思，哪能無「寸草春暉」之感！

記得十幾歲時看到「方孝孺」的《慈竹軒記》開頭那一段小舟冬行的描寫，與望見岸上叢竹登岸訪友（即慈竹軒的主人），拜見他的老母……文字是那樣從容，溫和，著語無多，感人至深。直到多少年後，我還是憧憬著那篇文字的真美，忘不了讀時所受的感動。但近來國文選本中未曾見到有這篇文字。

在陶君家中，每一次與他的母親一桌吃飯，恍惚間便記起當年所讀的《慈竹軒記》。

我住在陶君客室內木槅後的一間屋裡，晚上睡得頗早。陶君是生活上很有規律的人，早眠！早起！他不作深夜的寫讀工作。但那些日子雨偏多，江南的黃梅季雖還沒到，而殘春之夜的淒風，苦雨，不知怎的，每晚上我躺在床上總要過一小時方能入夢。窗子上的「雨打」時時響動，牆邊的簷溜也不住地淅淅瀝瀝，「乾坤萬里眼，時序百年心！」回憶這兩年來的生活，遙思、微感毫無端緒地紛然襲來。也知道何苦如此，但四時盛衰正代表著人間的繁榮、頹落，自然的變化能使一個人聯想到許多事，欲罷不能。

在陶君家中吃過美味的魚，與由白馬湖來的青菜，澀中略帶苦味。每晨為了我這遠來的客人，給預備蓮子羹，或別的食品，類此瑣記正見出一個家庭優待來客的精細。

陶君前後十幾年的上海生活使他厭倦了，由去年秋天搬回他的故鄉。無論在家庭經濟上，小孩子讀書上打算，都為合適，即就個人作文學的創作起見，也清靜多了。上海固然是生活爭鬥的大都市，難道不在上海便是退出爭鬥線嗎？上海要忙，競爭，耍花樣，但那是一個巨大的冶爐，她可把你鍛成精鋼也可把你燒成廢鐵。陶君雖在蘇州，每月仍然往上海幾次料理他的文字事務，這樣精神上容易得到調劑，並不是退縮的隱居。

有一晚上無意中談到文章作法，他說：「我現在力求清、力求簡，當多餘的字，多餘的句完全不要。所以寫不出長文來。想給讀者容易明瞭，給自己文字上一種鍛煉，以通俗簡便為準則。」

「這是你的一貫風格，」我回答，「不過近來更見顯著。你倒可以辦到『文清如水』的地步，無餘字，無剩意，慚愧，我便不成。無論如何簡，寫不到這個地步，也許個性使然。不過據我想，完全敘述的，或不多用描寫的文字應該如此，但有時我們也不可看輕豐富的刻劃，只要是得當，多點似也無妨。」

陶君點點頭道：「自然也有這個道理，如果刻劃豐富還能不惹人厭，倒也無啥。怕的是著力於此羅嗦過度罷了。」

又談及文言中的許多成語，到現在仍然在白話文中常常應用，一時沒有甚多的代替字，例如「參差」「錯落」「寂寞」等等。我又舉出一個例子，譬如形容來回走步用的「蹀躞」，這太古董了。

陶君用手在空中擺著：「用不得，用不得，『蹀躞』用不得！」

我也笑了。

吳苑

——姑蘇遊痕之三

吃茶不止是江浙人們的生活必需的點綴，更不是單獨蘇州的茶館最講究、最多。江南哪個較大的城市與集鎮上沒有這樣中國特有的俱樂部？把吃茶看成一種了不得的罪惡，或者提到蘇州人就聯想到他們的遊惰生活，上茶館居其一，因此將頹廢、低級趣味、遊手好閒、無聊等等的話，全加在這個城中的居民身上，這未免有點不公平，實在吃茶何嘗是大罪惡，更非蘇州人獨有的惡習。

自然，一般人從清早到中飯，從中飯後到晚飯前，老是坐在茶館中消磨著整天的光陰，聚談著無聊的新聞，不是一個健全社會的好現象。但這般人即使不在茶館，怕也不見得能「修己利人」，善用他們的良時。社會制度的畸形發展，他們有產業無事業，亦不求知識的進益，這個問題是多方面的。上茶館與否對他們無多大關係。一個人自願作惰民，有這樣可以作消遣的地方，坐一下午的茶館，比起整夜在跳舞場中的摩登男女來，並不見得會加重了罪惡，而且比較上茶館究竟不同於舞場。

一種是社會制度沒有根本的改革，一種是民間無相當的娛樂。自然，傳統的習性與清雅之流的懶惰也不是小原因。然而在江南，即是一個小小的農村有一爿茶館並不稀奇，難道我們能說江南鄉村凡是到茶館中坐一歇的便是流氓與惰農麼？（鄉下的茶館也有與城市中的不同處。）

這一回舊地重遊，我一定要去嘗試這大城中著名茶館的味道。從玄妙觀轉了一個圈子，我與一位久住蘇州的朋友便往一家的「吳苑」去。這真夠得上是大規模而且有歷史的茶館。大廳小室有五六處，一進門是次等的地位，茶資便宜些。東面一個廳中有說書臺，下面一張張桌子坐著些吃茶的聽眾。兩個人對口說白，正好是說唐伯虎的風流故事——《三笑姻緣》。這道地的說書不知重說了幾千次，然而仍然有她的聽眾。說書的那一位是黃臉的瘦子，一把摺扇在他手上藉以表演姿態。我去站了一會，他滿口蘇白，我幸而還懂得幾句。這裡太熱鬧了，我們又出去，向西面的一個廳子走。揀臨著外廊的玻璃　扇後的座位坐下。僅木方桌、椅子，光銅的痰盂，足以表示這個廳是全「苑」中最闊氣的所在。然而不論清茶、紅茶，每人還不過小洋一角，你儘管從清早坐到黃昏。只要你有容量，茶博士不到一刻鐘準會去給你添一次開水。

廳中像這樣座位總在四十個以外，在座的人，老頭子及西服的青年（只見過一位），穿制服的公務員（似是），以綢衫緞履的中年人最多。有的聚談，有的看小報，有的則在對奕，還有五六個旁觀者。也有好清靜的，獨坐吸著香煙，或者想什麼心事，然而從他們的神態上看，一定不會深刻的作想，也不是入迷的沉思。

嵌著大理石的掛屏，精巧的四角玻璃燈，由天花板上垂下來，靜靜的一絲風都沒有，廊子外面斷斷續續的雨絲在陰沉的空間閃耀著。

我們要了一壺綠茶，又一壺紅茶，剛把清色的茶水倒在杯子裡，來了報販子，賣五香豆的，炸花生、蠶豆的小糖食，他們倒不強要客人買，走來手裡抓著食品小包叫叫名字，看你不理，又從容地提了竹籃到另一個桌子旁邊去找主顧。

廊子上也有一層玻璃格，有小几，單座，好清靜的老人往往在那裡。椅子是木靠背，直板板的並不舒適。為什麼他不躺在家中的籐椅子上或柔軟的床上，也泡上一壺香茶，那一定比在「吳苑」中便宜得多。卻來這裡孤零零地打坐？

我武斷地說除開消閒的意義另有一個原因，就是這裡還有社會的意義！

也許有人冷笑了罷？這麼耽誤工夫，消滅志氣的地方還有社會的意義，正不知是何解釋！且慢冷笑，讓我們作進一步的分析。夏秋間鄉村的夜書場，打地攤的具有原初戲劇式的小戲（包括北方與南方的硼硼，扭股，彈詞等），冬天早上，農民們的晒日黃，鄉間的趁墟趕集、賽會類如這些不是一個人的，而願合起眾人的會聚，除卻它們專有的因素，是音樂的激動，喜怒的表現，談話的趣味，交易的需要，迷信等等之外，我仍然武斷地說，它們都多少有點社會的意義。

假如一個人看戲，一個人在市上選購物品，一個人作賽會的觀眾（應該稱「觀獨」），怎麼樣？晒日黃倒還可以單獨坐在那裡怕也是無意味，果是這等事他一定意味索然，趕快向回頭跑。世間的一切，「獨樂」兩字不能通用，即在「樂」，也竟得有天地茫茫之感。魯濱遜在荒島上稱王稱帝，遜克推多，飛鳥與野獸絕不妨害他的名義上的自由呀，不成！魯濱遜即使有了宮室，珍寶，一切東西，他能永久地在那島上「獨樂」嗎？爭鬥、戰、組織，拋不開人群，即是在生活暇豫中要消遣，要適意，要使自己的觀感有處安排，說是要接觸著人群。縱使是頹廢的老頭子也一樣有這樣的要求。雖然有許多老人在叫著，「岩棲穀飲」「與木石居，與鹿豕遊」，那都是大言，與年輕人堅持著過鐵的生活正是一個反比。即問諸那些「心懷羲皇」的老頭子，他心裡怎麼樣？

話說遠了，我認定除掉習慣力能把這古城中的老者孤獨地引到吳苑中來，說句流行話，他來因為這裡有群眾！

自然，這裡所用的群眾不是所謂MASSES的嚴格解釋，普通上可說是「人群」。

人終是群的生物，雖在茶館中，即使有許多不認識的面孔，然而從他們的言談與動作上也可分享點人間味！這也許是老人們能夠靠在木背直椅上坐茶館的一個原因？

蘇州人善做小點心，也講究吃，不過這不是如一般人所說的奢靡的浮華，二十個銅板的水餃，不到一隻小洋的軟糕，味道與色彩都滿足你的味覺與視覺的享受。蘇州的風尚，人與物，都小巧玲瓏，吃的點心也一樣不出此例。

我的那位友人，他雖然又在這古城的一隅住家，但很少到茶館中來，沒有時間，又提不起這樣的興致，這次是特別為了客人來的。他看見兩個穿青號袍，已斑白了頭髮的報販子，彎著腰在大廳中來回轉，我的朋友說：

「從十五年前我來這邊吃茶，他就做著這個營業，如今他老了，我自然也與從前不同，他不認識我了！」

外面的雨滴瀝不止！我們也似乎上了茶癮，盡著一杯一杯地飲下去。

我默默地看見旁邊有位先生叫了理髮匠給他剪髮，坐在小圓凳上意態安舒，絕不感到絲毫不便。

「你看這是為了什麼？哪裡及得上在理髮館裡的舒適。」

「但正是因在這裡，他才樂意！」朋友已加上這一句的解釋。

我對於「吳苑」，僅有這一次的經驗，說句古董話是「賞雨品茶」，但據我想他們固然是遊手好閒，固然是一種消費時間的不很好的習慣，不過我總覺得茶館所以能夠天天招引這麼多的所謂上流、中流以及下流人到此，花幾十個銅板，坐幾個鐘頭，是有隱祕的社會的意義。不是膚淺的只用頹廢、無聊、低級趣味這類名詞能搔到坐茶館者的癢處的。

噩耗

相差四個月整，高爾基逝世之後魯迅先生突然也與世長辭。（高爾基死於六月十八日，魯迅先生是十月十九日早去世。）這消息太使人驚訝了！因為在夏間他的病曾經有過很危險的時期，竟能安然度過，這些日子並無病劇的傳聞，而且在一星期前我曾與他在北四川路匆匆相遇，談過幾句話，面容只是黃瘦，不像病人，語音還是那樣清勁，想不到才隔幾日便在今日清晨撒手人間！

魯迅先生於今可謂蓋棺論定了。關於他的思想，學問，文藝上的造就，將來自有許多人作詳盡的敘述，現在只就個人所感略寫數語。

魯迅先生是戰士，是不服氣的健者，是思深而行堅的人物，是不避艱困的播種者，綜其一生，即除卻文藝的成就不論，已令人嘆服其個性之強，眼光之銳，見事用思之鞭辟入裡。如果他不從事於文藝的活動，作別種事業，我相信他也能獨闢蹊徑，有與一般人不同之處。

平庸模稜，將就，對付，是中國人對一切的態度，無所可又無所不可，過了今日等明日，由種種因襲的傳統觀念養成這個民族的老態。放一把野火，斷一團亂絲，是就是，非就非，愛成真愛，憎即真憎，爽快銳利，不在兩可之間浮游，不向是否中敷衍，試問我們這民族到現在還有這份精神否？魯迅先生早已以善於動火氣著名於文藝界中，也許會有人抓住這一點批評他。但依我想，這正是魯迅先生的特長。如果在世界上都能對付得四平八穩，無所可否，永遠是不偏之謂中，不易之謂庸的態度，只不過會圓滑而已，以言促成人群的進步求有朝氣，絕不是文藝界的同人。

不顧慮，不打算盤，如何見便如何說，這不是一個確能認真，有剛氣的人辦不到。

魯迅先生的為人，寫文字，以及他的精神都可用這極通俗的幾句話作代表。處於多少年來痲木，癱瘓，會計算，講對付的中國民族的今日，社會與個人都需要這樣健強不息的精神作治病的峻利之劑，而魯迅先生便是一個最能投以猛劑的好醫生。

但我們的病菌還在漫延著，而有能力有定識的好醫生先自去了！只就這一點上想，使我們發生如何的感嘆！

何況國難至此，風雨日急在思想界中正自需要有健者作廓清的提示，使我們這遭際艱難的民族更添上要掙扎，要奮鬥的生力，誰說魯迅先生不是一個這樣的領導者？

然而恰在此時魯迅先生病故的噩耗已傳遍了全中國與全世界！

這豈止是中國文藝界的重大損失，懷念著這多難的國家，麻木的民族，使一個有心人聽到這個噩耗能不發生四顧蒼茫之感！

一九三六年十月十九日夜半。

遙憶老舍與聞一多

前幾年，每值春秋佳日或風雨晦冥之時，斗室枯坐——俯倚在書文堆迭的寫字桌前，往往引動對過去舊跡、故里風俗，以及連年劇戰，久已隔阻的良朋的回思。愈思愈悵惘，愈理愈紛亂的心懷，欲罷不能！然而年光一層，人間世的擾亂一層，地理的阻隔又一層……其結果不是深吐一口長氣，便是拍一下几案，硬硬心腸，另轉念頭……但，這是兩年前的話了，比來，身體日衰，精神上竟如此麻木，從前使自己心傷目暈的惘惜，使自己徒喚奈何的感慨……現在，無論如何，連這點情感上的激動都提不起。不敢說槁木死灰，其實也等於心盲意滅！怪得很，疾病與環境把敏於感受的原性既然變了，即連想像力也折卻飛翼，不易在回思幻念中自由翺翔。至於把筆為文，比小學生呆望教師出的國文課題還要生疏呆鈍，不但絕無所謂風發泉湧，就是一點一滴的靈源也漸漸乾涸，不易自筆尖流出。

懷人麼？……作文字寫出這等心境麼？興味既無，且又無從說起。記得青年時，時常不忘那「莫放春秋佳日過，最難風雨故人來」的佳聯，以及「風雪淒然歲雲暮矣」的俊句，能增加懷友思舊之感。春去秋來，大自然的佳日歷劫永存，風蕭雨晦，雞鳴嘐嘐的驚覺並非無聞，然而如何不放？如何得良友快睹？關山難越，時空兩非，怎麼想又怎麼寫得出這樣難於描摹，難於追憶，難於預想的情思！辭不獲已，強寫此文，真純之感徒憑無花禿筆已是一片模糊，何況至今是否在心頭上還留著所謂真純之感，自己也毫無信力！

信筆略寫兩位舊友多少年前的生活或性格的片斷，至於我的懷想，就讓它墜於無何有之鄉，與土壤拌合培生草木而已。

老舍之性格實可以其作品代表，我敢妄斷，比較他人——從文章裡透露性格，他在現代中國著名文人中可算最明顯的一個。爽脆，幽默，不拖泥帶水，堅定，善能給人歡喜，熱心體貼。似玩世而內裡真誠，似好譏評而不油腔滑調……夠了，愈說愈像下很多的定義，姑取一二事以示實證。戰前我每次回北方，偶而談到上海文藝界的情形複雜，以及人事的紛擾，派別的明爭暗鬥等，我往往慨嘆著說：「在我真是增長以前不能想像的閱歷，誰知竟有這麼多五花八門的現象。小住兩年，可謂懂得不少。」老舍微笑，用夾香煙手指敲著桌面道：「壞了壞了……所以你也學壞了啦！哈哈！」雖是笑話，此中確有至理，愈日久愈時時記起。他並不解釋也不下判斷，你細想這兩句多夠玩味的話。這才是夠稱為幽默的妙語！懂得多就是壞得多！還用到你的分辯！即完全是一個旁觀者，它可以將你的天真鑿開而失卻純樸的心鏡蒙上塵汙。

還有，他好飲酒，但從不過量，確能不激不隨四平八穩，與他的為人一例。對各方各式的朋友只要有其長處，他絕無冷落待遇，這從他的作品上很容易細心看出。很少有絕對的壞人，而極完美的亦屬罕有。惟有一點，他到過上海，卻不願在上海就職。某某國立大學的文學院長，託我幾次與他婉商請他來滬教書——其實他那時正已辭去山大的教授，惟恃賣稿維持生活。他與這位亦係舊知，論待遇及人情似皆可就，但他堅決回謝。說他無論如何不到這個地方久住。他對這中國名義下的所謂國際都市，口未明言，卻蘊蓄著多少不滿。寧願淡泊安居於青山綠水的海角，不肯到易學壞了的「春申江畔」。他這點定力非常堅決，這也是其性格的另一面。

從小事上最易觀察一個人流露於不自覺的趣味，而性格亦潛在其中。有一年過舊歲，我家按例做幾樣家常點心以備新年中贈予戚友，與自己嘗食。老舍同他夫人小孩亦居青市。大除夕，我命人送去內人做的淨豆沙加糖的長圓形蒸麵卷，與另種一端包棗泥一端包油酥的對折麵卷。（這都是我家若干代傳流下來的做法。）依我的味覺趣味上說，雖是頭一種有清純的香甜，而後一種卻更有既濃甘又柔膩的豐富滋味。所以舊曆新年中午晚飯兩樣並陳時，我寧多吃一兩個棗泥油酥卷而少吃前一種。但老舍呢，過了幾日我們遇到時，他致過謝言，當著幾位熟人特別讚美淨豆沙麵卷，說是風味清佳，非一般市售者可比。而對於我認為最可口的後一種點心竟未提及。我於是對於他的性格由辨別口味的小節上更為明瞭。不是麼？滋味的口嗜與個人的性情之關連，一個精細的心理學者定有另析的解答。

另一位卻是與老舍君恰巧相反，極少產的文學者——聞一多。他自青年在清華園時出過兩本狂情奔放的詩集，直到上海辦新月社，又印行過薄薄的小本精粹詩《死水》之外，我記不起他有別的詩文集子行世。惟有在新月上連登數期的《杜甫評傳》，與幾首譯的白朗寧十四行詩，我讀過頗有印象，歷久不忘。以後，他置身大學，孜孜矻矻地從事於《詩經》《唐詩》等專門的研究，反面不大弄外國文學，對創作也談焉若忘。所謂當時的文壇，所謂雜誌，期刊，更得不到他的片文隻字。一般後起青年對這位新文藝運動前期的詩人自然多數陌生。作品之價值與多產毫無關係，一詩一文能永遠流傳。但一多君這些年卻與創作絕緣了。

我與一多實在說並非深交，可是從面貌上與言談上我知道他的性格。雖是生於長江中部，卻富有黃河流域人的堅樸質地。十年前，我見他穿普通綢夾衫，外加藍布罩袍，有時還搭上一件青呢馬褂，西服不必說，就連稍稍講究的中衣式樣他也沒曾在意。大而沉著的雙目映在玳瑁框深度近視鏡片後面，髮長不梳理，兩額高起，黧黑色的面容。顯見不是一位純粹神經質的詩人，而是富有忍耐性，好向深難處鑽究問題的學人風度，話不多而鄭重，不會詼諧，更難得有味的俏皮話從他口中露出。（這與老舍不也是互相反映的性格型嗎？）

他的不輕易落筆與不肯苟同的個性，姑就聽知舉二事為證。

我有一位富有史地癖而好讀書的親戚T君，可說是現代東省中的純篤潛修之士。從二十幾歲致力中國歷史與北方地理的考據，研索，有幾篇永難磨滅的論文曾載在有價值的《地學雜誌》等上面。可惜，兩年前他已在北平因風痰殞其天年！這位，雖經某某介紹與聞君談過幾回似頗投合，雖有新舊方法的不同，可是都對於考核史籍深感興味。他有一個仿臨古名人的畫卷，是他的族侄——有三十年專畫古式人物之修養的畫家所臨，設色用筆俱有根底，非一般時髦畫匠所能比。T君將這幅佳畫裱為長卷，後面多留白紙請人題跋。他專託與聞君更熟的同事持去，請其跋寫幾句，聞君留下，但為忙或疏懶則不可知，總之，一直數月未曾送還。T君待之既久，又找原送去者索回，仍然素底如新，沒落點墨。T君猜不透是何原因（當然不是聞君看不起人或設想不出題跋的文字），說有意頓蕩，說故學高傲？似都非是。我由此一點明白他的性格：太慎，太珍重，太看得嚴肅些，對作品如此——是他把文字的藝術價值看得極高，不輕易許可，更不輕易動筆。

那幾年他在山大教散文，選取題材不限一格，新舊兼收示學生為範。是時以新詩人初露頭角於申、新詩界中的某君，恰是隨他上散文班的學生之一。某日到我處閒談，卻說：「這幾天正讀你的近作。」我問他是哪篇，他才說出所以：

「聞先生的教書認真，選材之嚴，同學素知。尤其是對新文學作品，選授較少。前幾天忽然手持你的《號聲》今秋印本，與學生大談你的文章作風。他說，現在正是什麼新型文學，什麼意識正確等等的時世，像這樣清遠意味，富於藝術而又是深入人生的短篇，怕不易惹起時髦讀者的熱好。可是，文章有文章的本質，並非據幾個名詞便可抹煞一切。我挑出這本子裡的一篇給你們細看，作者認真寫其懷感，寫其由懇摯回念中濾出的人生真感。是〈讀易〉這篇，粗心浮氣的讀者不大肯讀下去，無怪難引人注意。……

第二次上班即將油印原文發下，自然，我早已讀過了。他的確特別讚美你這一篇。講解時，對於情感的分析，背景插說的藝術無不說到……」

並無宗派標榜，社團異同的複雜因素，亦非阿其所好。當那時新興文學風靡海上，種種刊物上無不高標理論，衡量作品。我那篇懷舊憶母的短篇，借在清寂海濱重溫《易經》敘起，故家衰門的情況，深摯溫和的母愛，冬宵夜讀的夢幻光景，若即若離的笑顰幽趣，與十數年後已經三十歲飽經世變的自己對證起來，「白雲無依，蒼波幻淚！」以前種種宛如隔世，曲折寫來得失自知，自然，這裡沒有多少批判社會，推動前進的力量，說來自感慚愧！不意一多君卻獨重此篇，至少我認為非細心閱讀，肯說真話，何能有上面的評論。不是因為那篇文字我才提起這事，即非我所作，我也一樣這麼說。真能鑒賞方有真實評論，絕非只是追隨風氣，人云亦云。但，不是冷靜，不是默契，不是撇開虛誇的浮感與流行的看法，又豈易有此認識。可是，話說回來，那個短篇除聞君外，也實在少人注意。我未聽見他人閱後觸感。難道真夠上曲高和寡？還是不能諧俗同好？

從右述兩點，希望知道聞君的由此略略可以明瞭他的個性，與對於文學作品上的特見。（即有人以為引證自己的舊文不無自彈自唱之嫌，請恕我！自信還不是因他人泛泛的讚揚、酷評便以可嗤的淺薄喜怒相應的那樣人。）

若干年來不悉這兩位的近況，艱難困苦中敢以誠心敬祝他們的康強，安好，此外還有什麼可說。

紙尾還能填上幾行，用舊律詩體謅詩二首，藉以結束。

青燈冷壁指皴枯，坐忘兀兀一字無；
玄黃忍見龍戰野，已殘牙爪虎負嵎。
不期文字能傳念，共感瘡痍痛切膚。
風雲關山再歲暮！鴻鈞氣轉待昭蘇！

低頭忍復訴艱虞，冰雪凝寒慘不舒；
四海驚波沉古國，萬家濺血遍通衢；
聲聞閉眼成千劫，葭露縈懷溯一桴。
渭北江東雲樹裡，何時樽酒共歡吁！

一九四七年二月寫於青島。

臺灣版後記

為重寫中國兒童文學史做準備

眉睫（簡體版書系策畫）

二〇一〇年，欣聞俞曉群先生執掌海豚出版社。時先生力邀知交好友陳子善先生參編海豚書館系列，而我又是陳先生之門外弟子，於是陳先生將我點校整理的梅光迪講義《文學概論》（後改名《文學演講集》）納入其中，得以出版。有了這個因緣，我冒昧向俞社長提出入職工作的請求。俞社長看重我對現代文學、兒童文學研究的能力，將我招入京城，並請我負責《豐子愷全集》和中國兒童文學經典懷舊系列的出版工作。

俞曉群先生有著濃厚的人文情懷，對時下中國童書缺少版本意識，且缺少人文氣質頗不以為然。我對此表示贊成，並在他的理念基礎上深入突出兩點：一是以兒童文學作品為主，尤其是以民國老版本為底本，二是深入挖掘現有中國兒童文學史沒有提及或提到不多，但比較重要的兒童文學作品。所以這套「大家小書」，頗有一些「中國現代兒童文學史參考資料叢書」的味道。此前上海書店出版社曾以影印版的形式推出「中國現代文學史參考資料叢書」，影響巨大，為推動中國現代文學研究做了突出貢獻。兒童文學界也需要這麼一套作品集，但考慮到兒童讀物的特殊性，影印的話讀者太少，只能改為簡體橫排了。但這套書從一開始的策劃，就有為重寫中國兒童文學史做準備的想法在裡面。

為了讓這套書體現出權威性，我讓我的導師、中國第一位格林獎獲得者蔣風先生擔任主編。蔣先生對我們的做法表示相當地贊成，十分願意擔任主編，但他畢竟年事已高，不可能參與具體的工作，只能以書信的方式給我提了一些想法，我們採納了他的一些建議。書目的選擇，版本的擇定主要是由我來完成的。總序也由我草擬初稿，蔣先生稍作改動，然後就「經典懷舊」的當下意義做了闡發。可以說，我與蔣老師合寫的「總序」是這套書的綱領。

什麼是經典？「總序」說：「環顧當下圖書出版市場，能夠隨處找到這些經典名著各式各樣的新版本。遺憾的是，我們很難從中感受到當初那種閱讀經典作品時的新奇感、愉悅感、崇敬感。因為市面上的新版本，大都是美繪本、青少版、刪節版，甚至是粗糙的改寫本或編寫本。不少編輯和編者輕率地刪改了原作的字詞、標點，配上了與經典名著不甚協調的插圖。我想，真正的經典版本，從內容到形式都應該是精緻的、典雅的，書中每個角落透露出來的氣息，都要與作品內在的美感、精神、品質相一致。於是，我繼續往前回想，記憶起那些經典名著的初版本，或者其他的老版本——我的心不禁微微一震，那裡才有我需要的閱讀感覺。」在這段文字裡，蔣先生主張給少兒閱讀的童書應該是真正的經典，這是我們出版本套書系所力圖達到的。第一輯中的《稻草人》依據的是民國初版本、許敦谷插圖本的原著，這也是一九四九年以來第一次出版原版的《稻草人》。至於解放後小讀者們讀到的《稻草人》都是經過了刪改的，作品風致差異已經十分大。俞平伯的《憶》也是從文津街國家圖書館古籍館中找出一九二五年版的原著來進行重印的。我們所做的就是為了原汁原味地展現民國經典的風格、味道。

什麼是「懷舊」？蔣先生說：「懷舊，不是心靈無助的漂泊；懷舊也不是心理病態的表徵。懷舊，能夠使我們憧憬理想的價值；懷舊，可以讓我們明白追求的意義；懷舊，也促使我們理解生命的真諦。它既可讓人獲得心靈的慰藉，也能從中獲得精神力量。」一些具有懷舊價值、經典意義的著作於是浮出水面，比如孤島時期最富盛名的兒童文學大家蘇蘇（鍾望陽）的《新木偶奇遇記》；大後方為少兒出版做出極大貢獻的司馬文森的《菲菲島夢遊記》，都已經列入了書系第二批順利問世。第三批中的《小哥兒倆》（淩叔華）《橋（手稿本）》（廢名）《哈巴國》（范泉）《小朋友文藝》（謝六逸）等都是民國時期膾炙人口的大家作品，所使用的插圖也是原著插圖，是黃永玉、陳煙橋、刃鋒等著名畫家作品。

中國作家協會副主席高洪波先生也支持本書系的出版，關露的《蘋果園》就是他推薦的，後來又因丁景唐之女丁言昭的幫助而解決了版權。這些民國的老經典，因為歷史的原因淡出了讀者的視野，成為當下讀者不曾讀過的經典。然而，它們的藝術品質是高雅的，將長久地引起世人的「懷舊」。

經典懷舊的意義在哪裡？蔣先生說：「懷舊不僅是一種文化積澱，它更為我們提供了一種經過時間發酵釀造而成的文化營養。它對於認識、評價當前兒童文學創作、出版、研究提供了一份有價值的參照系統，體現了我們對它們的批判性的繼承和發揚，同時還為繁榮我國兒童文學事業提供了一個座標、方向，從而順利找到超越以往的新路。」在這裡，他指明了「經典懷舊」的當下意義。事實上，我們的本土少兒出版是日益遠離民國時期宣導的兒童本位了。相反地，上世紀二三十年代的一些精美的童書，為我們提供了一個座標。後來因為歷史的、政治的、學術的原因，我們背離了這個民國童書的傳統。因此我們正在努力，力爭推出真正的「經典懷舊」，打造出屬於我們這個時代的真正的經典！

但經典懷舊也有一些缺憾，這種缺憾一方面是識見的限制，一方面是因為審稿意見不一致。起初我們的一位做三審的領導，缺少文獻意識，按照時下的編校規範對一些字詞做了改動，違反了「總序」的綱領和出版的初衷。經過一段時間磨合以後，這套書才得以回到原有的設想道路上來。

欣聞臺灣將引入這套叢書，我想這對於臺灣人民了解大陸的兒童文學是有幫助的。林文寶先生作為臺灣版的序言作者，推薦我撰寫後記，我謹就我所知，記述於上。希望臺灣的兒童文學研究者能夠指出本書的不足，研究它們的可取之處，為重寫兩岸的中國兒童文學史做出有益的貢獻。

二〇一七年十月於北京

眉睫，原名梅杰，曾任海豚出版社策劃總監，現任長江少年兒童出版社首席編輯。主持的國家出版工程有《中國兒童文學走向世界精品書系》（中英韓文版）、《豐子愷全集》《民國兒童文學教育資料及研究》，主編《林海音兒童文學全集》《冰心兒童文學全集》《豐子愷兒童文學全集》《老舍兒童文學全集》等數百種兒童讀物。二〇一四年度榮獲「中國好編輯」稱號。著有《朗山筆記》《關於廢名》《現代文學史料探微》《文學史上的失蹤者》，編有《許君遠文存》《梅光迪文存》《綺情樓雜記》等等。

民國時期經典童書 A0801029

小紅燈籠的夢

作　　者 王統照
版權策劃 李　鋒

發 行 人 陳滿銘
總 經 理 梁錦興
總 編 輯 陳滿銘
副總編輯 張晏瑞
編 輯 所 萬卷樓圖書(股)公司
特約編輯 沛　貝
內頁編排 林樂娟
封面設計 小　草
印　　刷 百通科技(股)公司

出　　版 昌明文化有限公司
　　　　 桃園市龜山區中原街 32 號
電　　話 (02)23216565
發　　行 萬卷樓圖書(股)公司
　　　　 臺北市羅斯福路二段 41 號 6 樓之 3
電　　話 (02)23216565
傳　　真 (02)23218698
電　　郵 SERVICE@WANJUAN.COM.TW
大陸經銷
廈門外圖臺灣書店有限公司
電郵 JKB188@188.COM

ISBN 978-986-496-115-3
2018 年 2 月初版一刷
定價：新臺幣 460 元

如何購買本書：
1. 劃撥購書，請透過以下帳號
帳號：15624015
戶名：萬卷樓圖書股份有限公司
2. 轉帳購書，請透過以下帳戶
合作金庫銀行古亭分行
戶名：萬卷樓圖書股份有限公司
帳號：0877717092596
3. 網路購書，請透過萬卷樓網站
網址 WWW.WANJUAN.COM.TW
大量購書，請直接聯繫，將有專人為您服務。(02)23216565 分機 10

如有缺頁、破損或裝訂錯誤，請寄回更換

國家圖書館出版品預行編目資料

小紅燈籠的夢 / 王統照著 . -- 初版 . -- 桃園市 : 昌明文化出版 ; 臺北市 : 萬卷樓發行, 2018.02
　面;　公分 . -- (民國時期經典童書)
ISBN 978-986-496-115-3(平裝)
859.08　　　　　107001313